TOEFL
李英松／著

托福字彙 下冊一

pigran
思想

To speak ruefu means

pottery.　　An onerous task is one which is burdensome.　悲傷地(副詞)
　　繁重的(形容詞)　　A raucous sound is hoarse.　　A rendezvous is meetin
To exemplify means to illustrate.　沙啞的(形容詞)　　曾合地(名詞)
例示(不定詞)
　　　　　To mesmerize persons is to hypnotize them.　A valid s
be blameless.　迷惑(不定詞)　　Irony refers to sarcasm.　　確實的(
詞)　　　　　　　諷刺(名詞)　　A parody is an imitation.
ze persons is to hypnotize them.　　　　模仿(名詞)　　To affiliate w
　　　　　　　　　　　　　　　　　　　　　　結交，聯絡
　　An indolent man is one who is lazy.
　懶惰的(形容詞)　Cohesion refers to unity.　　An insolent n
sea　　　　　　　　　團結(名詞)　　無禮的，侮慢
indicted ans to be charged.　A tithe is given to a g
詞)　　　　　　　　交稅(名詞)　　A vocation i
oborat statement, you confirm it.　　　　職業(名詞)
erson　s facetious is happy.　Egotists think of themselves.
玩笑的 容詞)　自私(名詞)　　　　A vestig
　　　　　　　　　　　　　　　　　　　痕跡(
　An antidote refers to a subscription.
對策，認捐(名詞)　　An anthropologist is one who studies

自
序

　　研讀過本系列書上冊和中冊的讀者們，紛紛來信詢問筆者一個問題：「除了從句子當中去認識英文單字之外，還有其它的方法去了解更多的字彙嗎？」答案是肯定的。

　　大家都知道，我們現在所使用的漢字，是從象形、指事、會意、形聲、轉注和假借六種方式演變而來。至於英文字和世界上很多國家的文字，都有類似的情況演化形成。

　　因此，一方面我們可以從字本身的意義或與其意義相類似的字下功夫，進而牢牢的記住這個字。另外一方面，我們可以從字的字首、字根或字尾切入。因爲一個字的字首、字根或字尾相同，那麼它們的意義是在同一個精神和同一個象徵之範圍內的。如此一來，我們就可以收集更多的字進入腦海中，隨時可以加以運用。

　　由於交通的發達，氣候的變遷以及科技的進步，英文字不斷的增新字，也慢慢的廢棄冷僻少用的字。我們使用英文當中，可以發現很多是外來字。有的直接引用不改任何字母，有的卻仿造它們的發音而創造出英文字。在二十六個字母之中，排列組合千變萬化，怎不令我們感到好奇？怎不令我們立下決心學好它？

　　台灣有句諺語「吃果子拜樹頭」；我們對於先人的智慧與巧奪天工，爲這個世界創造了文字與語言，讓我們人類間溝通無障礙，促進了社會的繁榮，令人佩服，我們也應心存感恩。

　　「靠山吃山，靠水吃水」眞的是不可靠。「三分天才，七分努力」，「流多少汗，結多少果」以及「臨淵羨魚，不如退而結網」這些古人名言，我們人人耳熟能詳，也朗朗上口。但是，如果沒有下定決心立即行動，蘋果會掉在我們的手上嗎？如果沒有勇氣接受失敗的打擊，魚會跳到我們的餐桌上嗎？

　　最後，非常希望讀者們多多指正書中的錯誤，以供日後再版時加以修改。萬分感謝讀者們的一路相伴，使得本系列書(托福字彙)上冊、中冊和下冊共三本書全部完成。同時很期待，本系列書能給讀者們不管在試場上或職場上有一些些的幫助，作者在此衷心的祝福每一位讀者心想事成！

TOEFL

托福字彙

1. colonize (explore)
   註解　殖民，建立－只當動詞

2. end (final)
   註解　最後，結束－可當名詞和動詞

3. quarter (fourth)
   註解　四分之一，駐紮－可當名詞，動詞和形容詞

4. shy (timid)
   註解　害羞的，驚跳－可當形容詞，動詞和名詞

5. seashore (coast)
   註解　海岸－只當名詞

6. duplicate (copy)
   註解　複製，相同的－可當動詞，名詞和形容詞

7. material (substance)
   註解　材料，物質的－可當名詞和形容詞

8. annoying (irritating)
   註解　煩惱的－只當形容詞，原型爲動詞

9. sensation (explanation)
   註解　感覺，感動－只當名詞

10. apparently (comparatively)
    註解　顯然地－只當副詞，原型爲形容詞

11. coverage (reportage)
    註解　範圍－只當名詞

12. gain (profit)
    註解　獲得，利益－可當動詞和名詞

13. warrior (fighter)
    註解　戰士－只當名詞

14. incessantly (constantly)
    註解　不斷地－只當副詞，原型爲形容詞

15. ban (forbid)
    註解　禁止，禁令－可當動詞和名詞

16. slighter (smaller)
    註解　較小的－只當形容詞，原型可當形容詞，動詞和名詞

17. arouse (excite)
    註解　引起，喚醒－只當動詞

18. rhythm (pattern)
    註解　節奏－只當名詞

19. hail (acclaim)
    註解　招呼，冰雹－可當動詞，名詞和詩歌中的驚嘆詞

20. dimly (faintly)
    註解　暗淡地－只當副詞，原型可當形容詞和動詞

21. hey day (golden age)
    註解　壯年－只當名詞，表歡呼時為嘆詞，同 heyday

22. turn aside (deflect)
    註解　轉變方向－只當動詞

23. slender (slim)
    註解　細長的－只當形容詞

24. witnessing (observing)
    註解　親見的－只當形容詞，原型可當動詞和名詞

25. deliberately (intentionally)
    註解　有意地－只當副詞，原型可當形容詞和動詞

26. shrink (contract)
    註解　收縮－可當動詞和名詞

27. vague (indefinite)
    註解　含糊的－只當形容詞

28. heading (category)
    註解　標題，種類－只當名詞

29. imprudent (unwise)
    註解　不加考慮的－只當形容詞

30. break down of (itemize)
    註解　分析－動詞片語

31. hazard (danger)
    註解　危險－可當動詞和名詞

32. dilemma (serious problem)
    註解　困難－只當名詞

33. collide with (hit)
    註解　碰撞－只當動詞

34. traumatic (bad，painful)
    註解　創傷的－只當形容詞

35. traumatize (abuse，hurt)
    註解 損傷－只當動詞

36. stationary (not moving)
    註解 固定的－只當形容詞

37. stationery (paper)
    註解 文具－只當名詞

38. burglar (thief)
    註解 竊賊－只當名詞

39. look up to (admire)
    註解 敬重－動詞片語

40. abandon (give up completely)
    註解 放棄，放縱－可當動詞和名詞

41. plates (dishes)
    註解 盤，碟－可當名詞和動詞

42. out of order (broken)
    註解 壞掉的－形容詞片語

43. commend (praise)
    註解 稱讚－只當動詞

44. keep in mind (remember)
    註解 記住－動詞片語

45. risk (chance)
    註解 危險，冒險－可當名詞和動詞

46. keep your head (stay calm)
    註解 保持冷靜－動詞片語

47. regulation (rule)
    註解 規則－可當名詞和形容詞

48. release (free)
    註解 解放，免除－可當動詞和名詞

49. ran across (happened to meet)
    註解 偶然相遇－動詞片語

50. resemble (look like)
    註解 相似－只當動詞

51. illegible (hard to read)
    註解 難認或難讀的－只當形容詞

52.   on the whole (in general)
     | 註解 | 整體看起來－介詞片語

53.   anonymous (unsigned)
     | 註解 | 匿名的－只當形容詞

54.   talk that over with (discuss that with)
     | 註解 | 討論－動詞片語

55.   miniature (very small)
     | 註解 | 很小的東西－可當名詞和形容詞

56.   took part in (participated in)
     | 註解 | 參加－動詞片語

57.   abnormal (unusual)
     | 註解 | 不正常的－只當形容詞

58.   sober (serious)
     | 註解 | 清醒－可當動詞和形容詞

59.   explore (study)
     | 註解 | 探究－只當動詞

60.   on hand (available)
     | 註解 | 在手邊可利用－介詞片語

61.   ridiculous (absurd)
     | 註解 | 荒唐的－只當形容詞

62.   keep an eye on (watch)
     | 註解 | 注意－動詞片語

63.   complicate (complex)
     | 註解 | 使複雜－只當動詞

64.   restrict (limit)
     | 註解 | 限制－只當動詞

65.   fragile (breakable)
     | 註解 | 易碎的－只當形容詞

66.   ignorant of (uninformed about)
     | 註解 | 不知道的－形容詞片語

67.   obstinate (stubborn)
     | 註解 | 頑固的－只當形容詞

68.   break the news to (tell)
     | 註解 | 告知－動詞片語

69. brilliant (lively)

　　註解　光輝的，快活的－只當形容詞

70. reveal (make known)

　　註解　透漏－只當動詞

71. seize (capture)

　　註解　捕捉－只當動詞

72. take a dim view of (has little confidence in)

　　註解　持相反的意見－動詞片語

73. swarm (great crowd)

　　註解　一大群－可當名詞和動詞

74. vacant (empty)

　　註解　空的，茫然的－只當形容詞

75. make a point of phoning (insist upon phoning)

　　註解　堅持或強調某件事－動詞片語

76. impartial (unbiased)

　　註解　公平的－只當形容詞

77. means (wealth)

　　註解　財富－複數型只當名詞，單數型可當名詞，動詞和形容詞

78. speaks her mind (gives her frank opinion)

　　註解　坦率說出心底話－動詞片語

79. effortless (easy)

　　註解　不費力的－只當形容詞

80. exquisite (very beautiful)

　　註解　精美的－只當形容詞

81. on pins and needles (sewing)

　　註解　坐立不安－名詞片語

82. injured (harmed)

　　註解　受傷的－只當形容詞，原型爲動詞

83. part (section)

　　註解　部分－可當名詞，動詞，形容詞和副詞

84. annual (yearly)

　　註解　每年的－只當形容詞

85. emblem (symbol)

　　註解　象徵－只當名詞

86. basically (fundamentally)
    註解 基本地－只當副詞

87. rescue (save)
    註解 援救－可當動詞和名詞

88. last (continue)
    註解 最後－可當形容詞，副詞和名詞

89. founded (established)
    註解 建立的－只當形容詞，但原型為動詞

90. survival (existence)
    註解 殘存－只當名詞

91. greatest breakthrough (most significant advance)
    註解 大突破－只當名詞

92. eradicate (completely destroy)
    註解 摧毀－只當動詞

93. abundantly (in great numbers)
    註解 充足地－只當副詞，原型為形容詞

94. leading (chief)
    註解 領導的－只當形容詞，但原型可當名詞，動詞和形容詞

95. widespread (far-reaching)
    註解 擴散的－只當形容詞

96. formerly (previously)
    註解 從前－只當副詞，但原型為形容詞

97. neighboring (adjacent)
    註解 附近的－只當形容詞，但原型可當名詞，動詞和形容詞

98. spur (stimulate)
    註解 刺激－可當名詞和動詞

99. marvel (wonder)
    註解 驚奇－可當名詞和動詞

100. bonds (links)
    註解 桎梏－複數型只當名詞，單數型可當名詞和動詞

101. monumental (outstanding)
    註解 不朽的，著名的－只當形容詞

102. oversight (inattention)
    註解 疏忽－只當名詞

103. moist (damp)
   > **註解** 潮溼的－只當形容詞

104. foolproof (fully reliable)
   > **註解** 非常簡單的－只當形容詞

105. couch (express)
   > **註解** 表達，長椅－可當名詞和動詞

106. diversified (varied)
   > **註解** 變化的－只當形容詞，但原型爲動詞

107. motivation (incentive)
   > **註解** 誘導－只當名詞

108. aviatrix (a female pilot)
   > **註解** 女飛行家－只當名詞

109. constrict (contract)
   > **註解** 收緊－只當動詞

110. analogy (parallel)
   > **註解** 相似－只當名詞

111. initiate (set off)
   > **註解** 創立，出發－只當動詞

112. institute (start)
   > **註解** 開始－可當動詞和名詞

113. fraud (criminal deception)
   > **註解** 欺騙－只當名詞

114. threat (statement of an intention to punish)
   > **註解** 威脅－只當名詞

115. smokestack (tall chimney)
   > **註解** 煙囪－只當名詞

116. disposable (available)
   > **註解** 可使用的－只當形容詞

117. item (single article or unit in a list)
   > **註解** 款項－可當名詞和副詞

118. discard (get rid of; throw away)
   > **註解** 拋棄－可當名詞和動詞

119. advocate (support)
   > **註解** 辯護，主張－可當名詞和動詞

120. merely (not more than; only)
     註解　僅只－只當副詞

121. overcome (get the better of)
     註解　克服－只當動詞

122. accuse (blame)
     註解　控告－只當動詞

123. meaningful (significant)
     註解　有意義的－只當形容詞

124. goodwill (friendly feeling)
     註解　親切，自願－只當名詞，同 good will

125. considerably (a great deal)
     註解　非常地－只當副詞，原型為形容詞

126. occupation (job)
     註解　職業－只當名詞

127. recognize (distinguish)
     註解　認識－只當動詞

128. atmosphere (air)
     註解　空氣，大氣層－只當名詞

129. hazardous (dangerous)
     註解　危險的－只當形容詞

130. brindle (a brindled coloring)
     註解　斑紋－只當名詞

131. new (recent)
     註解　新的－可當形容詞和副詞

132. ahead of (preceding)
     註解　在前－副詞片語

133. assuredly (certainly)
     註解　確定地－只當副詞，原型為形容詞

134. segment (core)
     註解　部分－可當名詞和動詞

135. perpetually (constantly)
     註解　不斷地－只當副詞，原型為形容詞

136. venom (poison)
     註解　毒物－只當名詞

137. stern (strict)
> 註解　嚴格的－只當形容詞

138. ignite (catch fire)
> 註解　點火，煽動－只當動詞

139. sensational (exciting)
> 註解　令人感動的－只當形容詞

140. output (export)
> 註解　生產－只當名詞

141. lucidly (clearly)
> 註解　明白地－只當副詞，原型為形容詞

142. dormant (hibernated)
> 註解　休眠的－只當形容詞

143. saltiness (salinity)
> 註解　鹹味－只當名詞，原型為形容詞

144. germinate (sprout)
> 註解　發芽－只當動詞

145. mimic (imitate)
> 註解　模仿－可當動詞，名詞和形容詞

146. pursue (chase)
> 註解　追捕－只當動詞

147. antagonistic (quarreling)
> 註解　敵對的－只當形容詞

148. haul (pull)
> 註解　拖拉－可當動詞和名詞

149. lukewarm (tepid)
> 註解　微溫的－只當形容詞

150. domesticated (tame)
> 註解　馴服的－只當形容詞，原型為動詞

151. tier (layer)
> 註解　一排，一層－可當名詞和動詞

152. prime (beginning)
> 註解　最初的，主要的－可當形容詞，名詞和動詞

153. infinitesimal (minute)
> 註解　極小的－可當形容詞和名詞

154. industrial (manufacturing)
     > 註解　工業的－只當形容詞

155. piece (portion)
     > 註解　一片，修補－可當名詞和動詞

156. evidence (proof)
     > 註解　證據－可當名詞和動詞

157. aid (help)
     > 註解　幫助－可當動詞和名詞

158. agitation (nervousness)
     > 註解　搖動，焦慮－只當名詞

159. unemployed (jobless)
     > 註解　失業的－只當形容詞

160. erupt (explode)
     > 註解　爆發－只當動詞

161. therefore (consequently)
     > 註解　因此－只當副詞

162. dispensary (clinic)
     > 註解　藥房，診所－只當名詞

163. subterranean (underground)
     > 註解　地下的，秘密的－只當形容詞

164. somewhat (to some degree)
     > 註解　約略　可當副詞和名詞

165. arrange (put together)
     > 註解　整理－只當動詞

166. markedly (substantially)
     > 註解　顯著地－只當副詞，原型為形容詞

167. sway (persuade)
     > 註解　搖擺－可當動詞和名詞

168. tales (stories)
     > 註解　故事－只當名詞

169. as many as (up to)
     > 註解　一樣多－可當副詞和連接詞

170. coating (covering)
     > 註解　外表－只當形容詞，原型可當動詞和名詞

171. itinerant (traveling)
　　　註解　巡迴的－可當形容詞和名詞

172. climax of (high point in)
　　　註解　頂點－只當名詞，但 chimax 還可當動詞

173. handy (convenient)
　　　註解　方便的－只當形容詞

174. taste (flavor)
　　　註解　味道，品嚐－可當名詞和動詞

175. modulate (temper)
　　　註解　調整－只當動詞

176. apparel (clothes)
　　　註解　衣服－可當名詞和動詞

177. contagion (communicable disease)
　　　註解　傳染病－只當名詞

178. disappeared (ceased to be)
　　　註解　消失的－只當形容詞，原型為動詞

179. foe (adversary)
　　　註解　敵人－只當名詞

180. indemnify (compensate)
　　　註解　賠償－只當動詞

181. reciprocal (mutual)
　　　註解　互相的－可當形容詞和名詞

182. burrow (den)
　　　註解　洞穴－可當名詞和動詞

183. witty (humorous)
　　　註解　機智的－只當形容詞

184. elsewhere (in another place)
　　　註解　在別處－只當副詞

185. almost (nearly)
　　　註解　差不多－只當副詞

186. skyrocketed (risen rapidly)
　　　註解　猛漲的－只當形容詞，原型可當名詞和動詞

187. remain (stay)
　　　註解　停留，剩餘－只當動詞

188. provide (supply)
> 註解　供應－只當動詞

189. forever (eternally)
> 註解　永遠地－只當副詞

190. mankind (humankind)
> 註解　人類－只當名詞

191. agrarian (agricultural)
> 註解　農業的－可當形容詞和名詞

192. sentimental (emotional)
> 註解　感情的－只當形容詞

193. dilate (expand)
> 註解　使擴大－只當動詞

194. wholesome (healthful)
> 註解　有益健康的－只當形容詞

195. shrubs (bushes)
> 註解　灌木－只當名詞

196. locate (found)
> 註解　設於，定居－只當動詞

197. laud (praise)
> 註解　讚美－可當動詞和名詞

198. lodged in (deposited in)
> 註解　寄宿－只當動詞，但 lodge 可當名詞

199. juvenile (children's)
> 註解　年少的－可當形容詞和名詞

200. sanction (approval)
> 註解　批准－可當名詞和動詞

201. gifted (talented)
> 註解　天才的－只當形容詞

202. sovereign (independent)
> 註解　獨立的－可當形容詞和名詞

203. conglomerate (matching)
> 註解　成塊，成團的－可當動詞，形容詞和名詞

204. taboo (prohibit)
> 註解　禁止－可當動詞和形容詞

205. idolized (worshipped)

   註解 崇拜的－只當形容詞，但原型爲動詞

206. flaw (defect)

   註解 裂縫－可當名詞和動詞

207. embryo (complete undeveloped form)

   註解 胚胎－可當名詞和形容詞

208. loopholes (ways of evading rules)

   註解 逃出孔－只當名詞

209. fruitlessly (in vain)

   註解 枉然，無效地－只當副詞

210. conspicuous (obvious)

   註解 明顯的－只當形容詞

211. imminent (about to take place)

   註解 即將發生的－只當形容詞

212. foliage (leaves)

   註解 樹葉－只當名詞

213. meet (encounter)

   註解 相遇－可當動詞，名詞和形容詞

214. flyer (pilot, flier)

   註解 飛行家－只當名詞

215. call for (require)

   註解 要求－動詞片語

216. best (most highly)

   註解 最好的－可當形容詞，副詞和名詞

217. unlike (in contrast to)

   註解 不同的－可當形容詞和介詞

218. source (origin)

   註解 來源－只當名詞

219. onerous (heavy; crushing; galling)

   註解 繁重的－只當形容詞

220. grown-up (adult)

   註解 成人－只當名詞

221. inside (interior)

   註解 內部的－可當形容詞，介詞，名詞和副詞

222. ache (hurt)
   註解　疼痛－可當動詞和名詞

223. emerged (came into prominence)
   註解　出現－只當動詞，為 emerge 的過去式

224. failed to (did not)
   註解　失敗，沒有－只當動詞

225. accretion (accumulation)
   註解　添加－只當名詞

226. wildlife (animal)
   註解　野生動植物－只當名詞

227. systematically (methodically)
   註解　有系統地－只當副詞，原型 systematic 和systematical 均為
   形容詞

228. jurisdiction (authority)
   註解　司法權－只當名詞

229. theme (subject)
   註解　主題－只當名詞

230. kidnapping (abduction)
   註解　綁架－只當名詞，原型為動詞

231. inborn (innate)
   註解　天生的－只當形容詞

232. by-products (derivatives)
   註解　引申之物－只當名詞

233. withhold (suppress; repress)
   註解　抑制－只當動詞

234. withdraw from (abstain from)
   註解　撤退－只當動詞

235. bread (raised)
   註解　飼養－可當名詞和動詞

236. subsequently (later)
   註解　隨後地－只當副詞，原型為形容詞

237. while (whereas)
   註解　當時－可當名詞，動詞和連接詞

238. vulnerable to (persuaded by)

註解 易受傷害的，易敏感的－只當形容詞

239. solemnly (carefully)

註解 正式地－只當副詞，原型爲形容詞

240. wound up (concluded)

註解 終結－可當動詞和名詞

241. tenable (warrantable)

註解 可維持的－只當形容詞

242. stately (majestic)

註解 莊嚴的－可當形容詞和副詞

243. major (sizable)

註解 主要的－可當形容詞，名詞和動詞

244. found (discovered)

註解 發現，建立－只當動詞，原型可當動詞和名詞

245. shifting (moving)

註解 移動的－可當形容詞和名詞

246. overpayment (excess money paid)

註解 多付錢－只當名詞

247. symptoms (signs)

註解 徵兆－只當名詞

248. usually (commonly)

註解 通常地－只當副詞

249. artificial (synthetic)

註解 人造的－只當形容詞

250. overstate (exaggerate)

註解 誇張－只當動詞

251. initiated (originated)

註解 創始的－只當形容詞，但原型可當動詞，名詞和形容詞

252. modification (change)

註解 修改－只當名詞

253. devoted to (reserved for)

註解 專心的－只當形容詞，原型可當動詞

254. widely (extensively)

註解 大範圍地－只當副詞，但原型可當形容詞和副詞

255. principal (chief)

> 註解　主要的－可當形容詞和名詞

256. pleasing (attractive)
> 註解　愉快的－只當形容詞

257. currency (money)
> 註解　現金，通用－只當名詞

258. method (procedure for)
> 註解　方法，順序－只當名詞

259. radically (basically)
> 註解　基本地－只當副詞

260. solidify (assure)
> 註解　凝固，保證－只當動詞

261. important (significant)
> 註解　重要的－只當形容詞

262. trace (connect)
> 註解　連結－可當名詞和動詞

263. sketch of (outline of)
> 註解　素描－可當名詞和動詞

264. emits (gives off)
> 註解　放射－只當動詞

265. unique (peerless)
> 註解　唯一的－只當形容詞

266. outmoded (obsolete ; out of date)
> 註解　過時的－只當形容詞

267. succumbed to (yielded to)
> 註解　屈服－只當動詞

268. exhaustively (thoroughly)
> 註解　徹底地－只當副詞，原型為形容詞

269. behavior (conduct)
> 註解　行為－只當名詞

270. distinguished (eminent)
> 註解　著名的－只當形容詞

271. threateningly (menacingly)
> 註解　威脅地－只當副詞

272. stunt (hinder)

註解 阻礙，絕計－可當動詞，名詞和形容詞

273. pure (unadulterated)

註解 純潔的－可當形容詞和名詞

274. zone (region)

註解 區域－可當名詞和動詞

275. cancel (call off)

註解 取消－可當動詞和名詞

276. submerged (covered)

註解 淹沒的－只當形容詞，原型爲動詞

277. frenzied (frantic)

註解 瘋狂的－只當形容詞

278. temper (moderate)

註解 性情，調和－可當動詞和名詞

279. giddy (dizzy)

註解 頭昏的－只當形容詞

280. heartily (vigorously)

註解 熱忱地－只當副詞

281. amorphous (vague)

註解 模糊的－只當形容詞

282. readily (easily)

註解 容易地－只當副詞

283. conventional (traditional)

註解 傳統的－只當形容詞

284. magnificent (strikingly beautiful)

註解 壯麗的－只當形容詞

285. even-handed (fair)

註解 公正的－只當形容詞，同 evenhanded

286. dare (challenge)

註解 膽敢，挑戰－可當動詞和名詞

287. stutter (stammer)

註解 口吃－可當動詞和名詞

288. stem (control)

註解 阻止，樹幹－可當動詞和名詞

289. slacken (dwindle)

<blockquote>註解</blockquote> 緩慢－只當動詞

290. retort (reply)
<blockquote>註解</blockquote> 反駁－可當動詞和名詞

291. empty (devoid)
<blockquote>註解</blockquote> 空的－可當形容詞和動詞

292. pugnacious (belligerent)
<blockquote>註解</blockquote> 好戰的－只當形容詞

293. rush (gust)
<blockquote>註解</blockquote> 猛衝－可當動詞，名詞和形容詞

294. brackish (somewhat salty)
<blockquote>註解</blockquote> 有鹽味的－只當形容詞

295. token (minimal)
<blockquote>註解</blockquote> 象徵性的，記號－可當形容詞和名詞

296. bypass (circumvent)
<blockquote>註解</blockquote> 繞道－可當動詞和名詞

297. required of (obligatory for)
<blockquote>註解</blockquote> 需要－只當動詞

298. willful (deliberate)
<blockquote>註解</blockquote> 有意的－只當形容詞

299. gamut (range)
<blockquote>註解</blockquote> 全部－只當名詞

300. dousing (drenching)
<blockquote>註解</blockquote> 浸水的－只當形容詞，但原型可當名詞和動詞

301. vessel (ship)
<blockquote>註解</blockquote> 船舶－只當名詞

302. many plaudits (much acclaim)
<blockquote>註解</blockquote> 很多鼓掌喝采－只當名詞

303. gave out (were gone by)
<blockquote>註解</blockquote> 用完－只當動詞

304. incredible (unbelievable)
<blockquote>註解</blockquote> 難以相信的－只當形容詞

305. retain (keep)
<blockquote>註解</blockquote> 保留－只當動詞

306. ridiculed (laughed at)

註解　譏笑－只當動詞，但原型可當名詞和動詞

307. stress (emphasize)

　　　　註解　強調－可當名詞和動詞

308. make head or tail of (understand)

　　　　註解　了解－動詞片語

309. informal (casual)

　　　　註解　非正式的－只當形容詞

310. prosperity (economic success)

　　　　註解　繁榮－只當名詞

311. stood my ground (maintained my position)

　　　　註解　堅持己見－動詞片語

312. enlightening (illuminating)

　　　　註解　教導的－只當形容詞，原型爲動詞

313. liability (handicap)

　　　　註解　義務－只當名詞

314. hesitate (wait)

　　　　註解　猶疑－只當動詞

315. harmless (safe)

　　　　註解　無害的－只當形容詞

316. a piece of her mind (her outspoken opinion)

　　　　註解　坦白的心聲－名詞片語

317. prevalent (widespread)

　　　　註解　普遍的－只當形容詞

318. running into trouble (having difficulties)

　　　　註解　陷入困難－動名詞片語

319. exporting (sending out of the country for sale)

　　　　註解　輸出的－只當形容詞，但原型可當名詞和動詞

320. pull my leg (deceive me)

　　　　註解　開玩笑－動詞片語

321. relevant (pertinent)

　　　　註解　有關的－只當形容詞

322. nuisance (annoyance)

　　　　註解　討厭的人或物－只當名詞

323. split hairs (make distinctions that aren't important)

註解 區別極細微之事－動詞片語

324. playing second fiddle (taking a less important position than)
註解 當次要地位，任人指揮－動名詞片語

325. call a spade a spade (be outspoken)
註解 直白無隱－動詞片語

326. eminent (famous)
註解 有名的－只當形容詞

327. ambivalent (torn)
註解 兩樣情的－只當形容詞

328. incapacitated (disabled)
註解 不能的－只當形容詞，但原型爲動詞

329. see eye to eye (agree)
註解 完全同意－動詞片語

330. matron (woman superintendent)
註解 女舍監－只當名詞

331. doctrines (tenets)
註解 教條－只當名詞

332. hit the ceiling (became angry)
註解 大爲生氣－動詞片語

333. timid (shy)
註解 膽小的－只當形容詞

334. keep your head (remain calm)
註解 保持冷靜－只當動詞片語

335. frail (weak)
註解 脆弱的－可當形容詞和名詞

336. picturesque (quaint)
註解 如圖畫般的－只當形容詞

337. face the music (accept the consequences)
註解 勇敢的面對難題－只當動詞片語

338. substantial (large)
註解 重大的，實際的－只當形容詞

339. urge (persuade)
註解 催促－可當動詞和名詞

340. in the bag (assured)

註解　一定成功－介詞片語

341.　reduced (lowered)
　　　註解　減少的－只當形容詞，原型為動詞

342.　rangy (slender and long-limbed, as animals or persons)
　　　註解　四肢瘦長的(人或動物)－只當形容詞

343.　consume (devour)
　　　註解　消耗－只當動詞

344.　break away from (escape from)
　　　註解　逃走－只當動詞片語

345.　govern (direct)
　　　註解　控制，執行－只當動詞

346.　relinquish (give up)
　　　註解　放棄－只當動詞

347.　postpone (put off)
　　　註解　延遲－只當動詞

348.　run-of-the –mill (average)
　　　註解　平均的－可當動詞和形容詞片語

349.　does the same in return (retaliates)
　　　註解　報復－只當動詞片語

350.　fallacious (faulty)
　　　註解　欺騙的－只當形容詞

351.　breathe (tell)
　　　註解　呼吸，告知－只當動詞

352.　very bitter (acrimonious)
　　　註解　非常苦味的－只當形容詞，但 bitter 可當形容詞和名詞

353.　activated (detonated)
　　　註解　活潑的－只當形容詞，原型為動詞

354.　careless (negligent)
　　　註解　不小心的－只當形容詞

355.　jealous (envious)
　　　註解　妒嫉的－只當形容詞

356.　vagary (caprice; whim; quirk)
　　　註解　奇怪行為－只當名詞

357.　iniquitous (flagitious; nefarious; evil)

註解 不公平的，邪惡的－只當形容詞

358. amazing (incredible)

註解 令人吃驚的－只當形容詞，但原型可當動詞和名詞

359. bachelor (single man)

註解 單身漢－只當名詞

360. liar (hypocrite)

註解 說謊者－只當名詞

361. foolish (gullible; dullish)

註解 笨蛋的－只當形容詞

362. restrained (tied)

註解 受約束的－只當形容詞

363. trite (hackneyed)

註解 平凡的－只當形容詞

364. consult (discuss the matter with)

註解 商量，請教－只當動詞

365. as luck would have it (fatefully)

註解 不幸地－只當副詞片語

366. escaped (ran away)

註解 逃走的－只當形容詞，但原型可當動詞，名詞和形容詞

367. across the board (on every item)

註解 全部－只當介詞片語

368. tossed up his chin (gestured)

註解 表示，手勢－只當動詞片語

369. traps for mice (mousetraps)

註解 捕鼠器－只當動詞片語

370. give up (abandon the attempt)

註解 放棄，投降－只當動詞

371. turned out (produced)

註解 生產－只當動詞

372. is native to (comes from)

註解 來自本土－只當動詞片語，但 native 可當名詞和形容詞

373. an accomplishment (an achievement)

註解 完成－只當名詞

374. famished (hungry)

TOEFL

註解 飢餓的－只當形容詞，原型為動詞

375. untamed (wild)

　　註解 未馴服的－只當形容詞

376. mute (dumb)

　　註解 啞的，沉默的－可當形容詞和名詞

377. myth (legend)

　　註解 神話－只當名詞

378. spun (whirled)

　　註解 紡成絲的－只當形容詞，但原型可當動詞和名詞

379. laid eyes on (seen)

　　註解 注意看－只當動詞片語

380. lucrative (profitable)

　　註解 可收獲的－只當形容詞

381. righteous (good; honest; fair)

　　註解 正當的－只當形容詞

382. insolent (rude)

　　註解 粗野的－只當形容詞

383. hot dog (frankfurter on a roll)

　　註解 熱狗－只當名詞

384. aroused (excited)

　　註解 喚醒的－只當形容詞，但原型為動詞

385. mixed up (confused)

　　註解 混合－只當動詞

386. abandon (leave)

　　註解 放棄－可當動詞和名詞

387. turned down (refused)

　　註解 拒絕－只當動詞

388. frigid (very cold)

　　註解 苦冷的－只當形容詞

389. tranquility (calmness)

　　註解 安靜－只當名詞，同 tranquillity

390. get to (arrive at)

　　註解 到達－只當動詞

391. magnified (enlarged)

註解 放大的－只當形容詞，但原型為動詞

392. vanished (disappeared)

註解 消失的－只當形容詞，但原型為動詞

393. shaken up (nervous and upset)

註解 不安的－只當形容詞

394. out loud (aloud)

註解 大聲叫喊－只當副詞

395. word by word (one word at a time)

註解 逐字的－可當形容詞和副詞

396. the matter (wrong)

註解 錯的－可當名詞和形容詞

397. dispenses (gives out)

註解 分配－只當動詞

398. omen (sign)

註解 徵兆－可當名詞和動詞

399. left over (spare)

註解 剩下的－可當形容詞和名詞，同 leftover

400. the time before (last time)

註解 上次－只當副詞片語

401. must have forgotten (has probably forgotten)

註解 想必忘掉－只當動詞片語

402. afford (buy)

註解 供給，購買－只當動詞

403. let me use (lend me)

註解 借給我－只當動詞

404. come to blows (hit each other)

註解 互毆－只當動詞片語

405. fountain (a spring or source of water)

註解 噴泉－只當名詞

406. lost his temper (became angry)

註解 發怒－只當動詞片語

407. locked out (unable to get in)

註解 停工－只當動詞

408. on strike (striking in a labor dispute)

註解　罷工－只當名詞

409. stifling (hot)

註解　窒息的－只當形容詞，但原型可當動詞和名詞

410. under age (too young)

註解　未達年齡－只當名詞

411. under the weather (ill)

註解　生病－只當名詞片語

412. gave to (donated some money to)

註解　給付－只當動詞

413. take place (be held)

註解　發生－只當動詞片語

414. inured to (accustomed to)

註解　適用－只當動詞

415. a master of (very good at)

註解　精通－只當名詞片語

416. passing out of existence (disappearing)

註解　消失－動名詞片語

417. purveyor (a person who purveys, provides, or supplies)

註解　供應糧食者－只當名詞

418. excels at (is proficient in)

註解　勝過，擅長於－只當動詞

419. lovesick (sentimental)

註解　相思病的－只當形容詞

420. leaving me in the lurch (desecrating me)

註解　使我陷入困境－動名詞片語

421. hold back (restrain)

註解　抵擋－只當動詞

422. country (hillbilly)

註解　鄉間的－可當形容詞和名詞

423. affability (pleasantness)

註解　友善－只當名詞

424. endangered (threatened)

註解　危險的－只當形容詞，原型爲動詞

425. calculations (figues)

> **註解** 計算－只當名詞

426. thoughtful (considerate)
> **註解** 深思的－只當形容詞

427. solicited (requested)
> **註解** 請求的－只當形容詞，原型為動詞

428. delicate (fragile)
> **註解** 脆弱的，美味的－只當形容詞

429. delegate (assign)
> **註解** 代表－可當名詞和動詞

430. stunt man (a substitute who replaces an actor in scenes)
> **註解** 電影大明星的替身－只當名詞

431. stealthily (slyly)
> **註解** 秘密地－只當副詞，原型為形容詞

432. took on (assumed)
> **註解** 假定－只當動詞

433. ominous (menacing)
> **註解** 不吉利的－只當形容詞

434. continuous (non-stop)
> **註解** 不間斷的－只當形容詞

435. every once in a while (occasionally)
> **註解** 有時，偶而－只當副詞

436. cherish (appreciate)
> **註解** 珍惜－只當動詞

437. contaminated (spoiled)
> **註解** 污損的－只當形容詞，原型為動詞

438. obsolete (out of use)
> **註解** 過時的－只當形容詞，同 out-of-date

439. jack up (elevate)
> **註解** 抬起－只當動詞

440. delimit (to fix or mark the limits of; demarcate)
> **註解** 定界線－只當動詞

441. typical (characteristic)
> **註解** 典型的－只當形容詞

442. importune (beseech; entreat; solicit)

> 註解　強求－可當動詞和形容詞

443. hitch (connect)

> 註解　拉住－可當動詞和名詞

444. actinotherapy (radiotherapy)

> 註解　射線療法－只當名詞

445. chuckled (laughed quietly)

> 註解　偷偷笑的－只當形容詞，但原型可當動詞和名詞

446. mystifies (puzzles)

> 註解　迷惑－只當動詞，原型也是動詞

447. intend (plan)

> 註解　打算，計劃－只當動詞

448. fanatic (zealot)

> 註解　狂熱者－可當名詞和形容詞

449. dry spell (drought)

> 註解　乾旱時期－只當名詞

450. disprove (refute)

> 註解　證明，反駁－只當動詞

451. fussy (fastidious)

> 註解　挑剔的－只當形容詞

452. friendly (hospitable)

> 註解　友善的－可當形容詞和副詞

453. profound (deep)

> 註解　很深的，深奧的－可當形容詞和名詞

454. awe (respect)

> 註解　敬畏－可當動詞和名詞

455. luxury (extravagance)

> 註解　豪華，浪費－只當名詞

456. tenets (doctrines)

> 註解　教條－只當名詞

457. diagram (sketch)

> 註解　圖表－可當名詞和動詞

458. take orders (follow directions)

> 註解　任神職，訂貨－只當動詞片詞

459. noteworthy (remarkable)

註解 顯著的－只當形容詞

460. keep him company (to accompany him)
　　註解 與他為伴－只當動詞片語

461. overdue (late)
　　註解 過期的－只當形容詞

462. offer (give)
　　註解 給與－可當動詞和名詞

463. moving (stirring)
　　註解 移動的－只當形容詞，但原型可當動詞和名詞

464. ever (it always was)
　　註解 曾經－只當副詞

465. blankly (absentmindedly)
　　註解 茫然地－只當副詞，但原型可當名詞和形容詞

466. dream (wish)
　　註解 夢想－可當名詞和動詞

467. raised a hue and cry (made a great deal of noise)
　　註解 引起公憤－只當動詞片語

468. never fails to read (always reads)
　　註解 未曾不明白－只當動詞片語

469. beside the point (not related)
　　註解 離題的－只當形容詞片語

470. deprived (without funds)
　　註解 喪失的－只當形容詞，原型為動詞

471. delinquent (neglectful)
　　註解 過失的－可當形容詞和名詞

472. visible (obvious)
　　註解 可看見的－只當形容詞

473. kept his word (kept his promise)
　　註解 承諾－只當動詞片語

474. corrupt (dishonest)
　　註解 腐敗的－可當形容詞和動詞

475. slump (decline)
　　註解 陷下－可當動詞和名詞

476. conceal (hide)

| 註解 | 隱藏－只當動詞 |

477. dashed off (did the job fast)

| 註解 | 急草書寫－只當動詞片語 |

478. magnify (enlarge)

| 註解 | 擴大－只當動詞 |

479. bias (prejudice)

| 註解 | 偏見，傾斜的－可當動詞，名詞，形容詞和副詞 |

480. asset (valuable quality)

| 註解 | 資產－只當名詞 |

481. better off (happier)

| 註解 | 較好的，較快樂的－只當形容詞 |

482. back and forth (frequently)

| 註解 | 來來回回地－只當副詞 |

483. adulterate (spoil)

| 註解 | 混雜－只當動詞 |

484. retard (slow up)

| 註解 | 阻礙－只當動詞 |

485. plight (bad situation)

| 註解 | 惡劣情況，誓約－可當名詞和動詞 |

486. debase (lower)

| 註解 | 降低－只當動詞 |

487. inevitable (certain)

| 註解 | 不可避免的－只當形容詞 |

488. trample on (step heavily on)

| 註解 | 蹂躪－只當動詞片語 |

489. reproach (blame)

| 註解 | 責備－可當名詞和動詞 |

490. grieved (wept)

| 註解 | 悲傷的－只當形容詞，原型為動詞 |

491. tentative (temporary)

| 註解 | 暫時的－只當形容詞 |

492. muddle (confused; mess)

| 註解 | 混亂－可當名詞和動詞 |

493. toxic (poisonous)

註解 有毒的－只當形容詞

494. lucre (monetary reward or gain)
註解 利益－只當名詞

495. impudent (rude)
註解 厚臉皮的－只當形容詞

496. goaded (urged)
註解 刺激的－只當形容詞，但原型可當動詞和名詞

497. divert (turn aside)
註解 轉向－只當動詞

498. wary of (watchful for)
註解 留意的－只當形容詞片語

499. eradicate (eliminate)
註解 根除－只當動詞

500. sallow (yellowish)
註解 病黃色的－可當形容詞，動詞和名詞

501. modest (humble)
註解 莊重的－只當形容詞

502. receded (went down)
註解 後退－只當動詞

503. arroyo (a small steep-sided watercourse)
註解 小溪－只當名詞

504. conventional (usual)
註解 傳統的－只當形容詞

505. puny (weak)
註解 微弱的－只當形容詞

506. charisma (deserving respect)
註解 尊敬－可當名詞和動詞

507. honor (animate; inspirit)
註解 使活潑－只當動詞

508. protrude (project)
註解 突出，伸出－只當動詞

509. benevolent (charitable)
註解 慈善的－只當形容詞

510. scrutiny (investigation)

註解 調查－只當名詞

511. garrulous (talkative)

註解 多嘴的－只當形容詞

512. diminutive (small)

註解 很小的－可當形容詞和名詞

513. glut (overabundance)

註解 充滿－可當動詞和名詞

514. acknowledged (admitted)

註解 承認的－只當形容詞，但原型為動詞

515. acuminate (tapering to a point)

註解 尖銳的－可當形容詞和動詞

516. jest (joke)

註解 笑話－可當名詞和動詞

517. molesting (disturbing)

註解 干擾的－只當形容詞，但原型為動詞

518. afflicted (injured)

註解 痛苦的－只當形容詞，但原型為動詞

519. pandemonium (a wild uproar)

註解 騷亂－只當名詞

520. ejected (expelled)

註解 逐出的－只當形容詞，但原型可當動詞和名詞

521. mauling (beating)

註解 被打的－只當形容詞，但原型可當動詞和名詞

522. animation (liveliness)

註解 活潑－只當名詞

523. turmoil (confusion)

註解 混亂－只當名詞

524. concept (thought)

註解 觀念－只當名詞

525. ornate (elaborate)

註解 華麗不實的－只當形容詞

526. agile (lively)

註解 輕快的－只當形容詞

527. ante-mortem (before death)

註解 臨死前的－只當形容詞

528. make up a test (take it again)
註解 重考－只當動詞片語

529. make up your face (put on makeup)
註解 化裝－只當動詞片語

530. make up an excuse (invent a story)
註解 編造理由－只當動詞片語

531. make up a population (to be a part of; constitute)
註解 構成－只當動詞片語

532. make up after an argument (become friends again)
註解 握手言和－只當動詞片語

533. kiss and make up (make friends)
註解 結交朋友－只當動詞片語

534. make up your mind (decide)
註解 決心－只當動詞片語

535. make it (succeed)
註解 做到－只當動詞片語

536. make-believe (pretense; feigning; sham)
註解 虛構的－可當名詞和形容詞

537. make out a check (write a check)
註解 開立支票－只當動詞片語

538. makeshift (contrivance; jury rig; emergency)
註解 權宜之計－可當名詞和形容詞

539. quantities (amounts)
註解 總數量－只當名詞

540. each (every one)
註解 每一個－可當形容詞，介詞和副詞

541. regions (areas)
註解 區域－只當名詞

542. rooted in (based on)
註解 固定於，基於－只當動詞片語，但 root 可當名詞和動詞

543. noises (sounds)
註解 噪音－可當名詞和動詞

544. sharpest (clearest)

註解 最尖銳的－此為形容詞 sharp 的最高級，原型可當形容詞，副詞和名詞

545. possess (have)
註解 擁有－只當動詞

546. tough (hard)
註解 困難的－可當形容詞和名詞

547. as a result of (because of)
註解 結果－只當連接詞片語

548. makes up (constitutes)
註解 組成，復交－只當動詞

549. precise (accurate)
註解 正確的－只當形容詞

550. up to (approximately)
註解 達到，適合－只當副詞

551. wild (uncultivated)
註解 荒野的－可當形容詞和名詞

552. esteem (respect)
註解 尊敬－可當動詞和名詞

553. reasonably (economically)
註解 合理地－只當副詞，原型為形容詞

554. check (control)
註解 核對，支票－可當動詞，名詞和形容詞

555. marred (spoiled)
註解 損壞的－只當形容詞，但原型為動詞

556. disproportionately (unequally)
註解 不平衡地－只當副詞，但原型為形容詞

557. mammoth (gigantic)
註解 巨大的－可當形容詞和名詞

558. thoroughfares (streets)
註解 大馬路－只當名詞

559. allocated (distributed)
註解 配給的－只當形容詞，原型為動詞

560. cast (project)
註解 投擲，種類－可當動詞，名詞和形容詞

561. fowl (poultry)
> 註解　禽，鳥－可當名詞和動詞

562. gregarious (sociable)
> 註解　社交的－只當形容詞

563. strikingly (remarkably)
> 註解　顯著地－只當副詞，但原型為形容詞

564. chubby (plump)
> 註解　圓胖的－只當形容詞

565. nibbling (gnawing)
> 註解　細咬的－只當形容詞，但原型可當動詞和名詞

566. sheen (luster)
> 註解　光彩－可當名詞，形容詞和動詞

567. tool (implement)
> 註解　工具－可當名詞和動詞

568. determine (fix)
> 註解　決心，確定－只當動詞

569. smarter (more intelligent)
> 註解　比較聰明的－形容詞 smart 的比較級，原型可當動詞，名詞，形容詞和副詞

570. receive (get)
> 註解　收到－只當動詞

571. forecast (predict)
> 註解　預測－可當動詞和名詞

572. career (profession)
> 註解　生涯，職業－可當名詞，動詞和形容詞

573. upset (disturb)
> 註解　推翻，難過的－可當動詞，名詞和形容詞

574. gradually (little by little)
> 註解　漸漸地－只當副詞，原型為形容詞

575. refrigerant (cooling agent)
> 註解　冷卻劑－可當名詞和形容詞

576. fastened (affixed)
> 註解　綁牢的－只當形容詞，但原型為動詞

577. endemic (native)

註解　地方性的－可當形容詞和名詞

578. performs (serves)

註解　執行，表演－只當動詞

579. array (collection)

註解　裝配－可當動詞和名詞

580. confounds (bewilders)

註解　混淆－只當動詞

581. opulence (luxury)

註解　財富－只當名詞，同 opulency

582. incidentally (by chance)

註解　偶然－只當副詞，但原型可當形容詞和名詞

583. comply with (obey)

註解　同意－只當動詞

584. truly (genuinely)

註解　確實地－只當副詞

585. dire (dreadful)

註解　可怕的－只當形容詞

586. stringently (rigorously)

註解　嚴格地－只當副詞，原型爲形容詞

587. per capita (per person)

註解　每人－只當名詞，爲拉丁語

588. perforate (pierce)

註解　穿孔－可當動詞和形容詞

589. well-being (welfare)

註解　幸福－只當名詞

590. artilleryman (a soldier serving in an artillery unit of the army)

註解　炮兵－只當名詞

591. dwindled (diminished)

註解　減少的－只當形容詞，但原型爲動詞

592. fidelity (faithfulness)

註解　忠誠－只當名詞

593. tacitly (implicitly)

註解　沉默地－只當副詞，但原型爲形容詞

594. steadfast (unwavering)

| 註解 | 堅定的－只當形容詞 |

595. ratified (endorsed)
　　| 註解 | 批准的－只當形容詞，但原型為動詞 |

596. divine (sacred)
　　| 註解 | 神聖的－可當形容詞，名詞和動詞 |

597. eminence (fame)
　　| 註解 | 高位－只當名詞 |

598. famine (scarcity of food)
　　| 註解 | 饑荒－可當名詞和形容詞 |

599. conscious of (aware of)
　　| 註解 | 知道的－只當形容詞 |

600. consumedly (excessively; extremely)
　　| 註解 | 非常地－只當副詞 |

601. startled (surprised)
　　| 註解 | 吃驚的－只當形容詞，但原型可當動詞和名詞 |

602. elapsed (went by)
　　| 註解 | 光陰溜走的－只當形容詞，但原型為動詞 |

603. phase (period)
　　| 註解 | 時期－只當名詞 |

604. tolerate (put up with)
　　| 註解 | 忍受－只當動詞 |

605. set forth (refer to)
　　| 註解 | 宣布，起程－只當動詞片語 |

606. cited (proposed)
　　| 註解 | 提議的－只當形容詞，但原型為動詞 |

607. emeritus (retired or honorably discharged from active duty because of age)
　　| 註解 | 名譽退休的－可當形容詞和名詞 |

608. harsh (too severe)
　　| 註解 | 殘酷的－只當形容詞 |

609. am resigned (accepted　as inevitable)
　　| 註解 | 辭職的－只當形容詞，但原型為動詞 |

610. indecipherable (unreadable)
　　| 註解 | 不可辨讀的－只當形容詞 |

611. remote (distant)
　　　註解　遙遠的－只當形容詞
612. babble (talk foolishly and too much)
　　　註解　多嘴－可當動詞和名詞
613. recourse (choice)
　　　註解　求助－只當名詞
614. simulated (imitated)
　　　註解　假裝的－只當形容詞，但原型可當動詞和形容詞
615. dreaded (feared)
　　　註解　害怕的－只當形容詞，但原型可當動詞，名詞和形容詞
616. reticent (silent)
　　　註解　沉默的－只當形容詞
617. tinge (tint)
　　　註解　沾染－可當動詞和名詞
618. prompt (trigger)
　　　註解　激勵－可當動詞和形容詞
619. be used by (to be taken advantage of)
　　　註解　被利用－只當動詞片語
620. outright (undisguised)
　　　註解　坦白的－可當形容詞和副詞
621. veiled (disguised)
　　　註解　遮掩的－只當形容詞，但原型可當名詞和動詞
622. renounce (give up)
　　　註解　放棄－只當動詞
623. manual (physical)
　　　註解　手工的－可當形容詞和名詞
624. virtually (almost)
　　　註解　事實上地－只當副詞，但原型爲形容詞
625. backward (less advanced)
　　　註解　向後的－可當形容詞和副詞
626. be laid off　　　(to have one's employment terminated)
　　　註解　被停職－只當動詞片語
627. pervasive (widespread)
　　　註解　普遍的－只當形容詞

628. outskirts (edges)
 註解　市郊－只當名詞

629. fluctuation (changes in patterns)
 註解　上下移動－只當名詞

630. multitude (many kinds)
 註解　眾多－只當名詞

631. role (position)
 註解　角色－只當名詞

632. constitute (make up)
 註解　構成－只當動詞

633. implement (put into effect)
 註解　實現－可當名詞和動詞

634. be exposed to (to be in contact with)
 註解　被揭穿－只當動詞片語

635. costly (expensive)
 註解　寶貴的－只當形容詞

636. staggering (overwhelming)
 註解　搖擺的－只當形容詞，但原型可當動詞和名詞

637. mandatory (obligatory)
 註解　有命令的－可當形容詞和名詞

638. are complying with (are conformed to)
 註解　順從－只當動詞片語

639. monitor (check)
 註解　監聽－可當動詞和名詞

640. vindicated (avenged)
 註解　辯解的－只當形容詞，原型為動詞

641. major (very significant)
 註解　主要的－可當形容詞，名詞和動詞

642. ultimately (eventually)
 註解　最後地－只當副詞，原型為形容詞

643. standoffish (cool)
 註解　置身事外的－只當形容詞

644. dust (fine particles)
 註解　灰塵－可當名詞和動詞

645. lenient (indulgent)

註解 放任的－只當形容詞

646. crucial (extremely important)

註解 非常重要的－只當形容詞

647. the pecking order (the status hierarchy)

註解 階級順序－只當名詞片語

648. breached (broken)

註解 破裂的－只當形容詞，原型爲動詞和名詞

649. configuration (pattern)

註解 形狀－只當名詞

650. passersby (people going by)

註解 過路客－只當名詞，但 passerby 爲單數

651. go down (decline)

註解 屈服，被推翻－只當動詞

652. move in (come closer)

註解 靠近－只當動詞

653. backed off (moved away)

註解 離開－只當動詞

654. rapidly (quickly)

註解 迅速地－只當副詞，但原型可當形容詞和名詞

655. safeguard (protect)

註解 保護－可當動詞和名詞

656. successful (victorious)

註解 成功的－只當形容詞

657. strength (force)

註解 力氣－只當名詞

658. abruptly (suddenly)

註解 突然地－只當副詞，原型爲形容詞

659. record (register)

註解 記錄－可當動詞，名詞和形容詞

660. undoubtedly (surely)

註解 毫無疑問地－只當副詞，原型爲形容詞

661. balance (equilibrium)

註解 平衡－可當名詞和動詞

662. simultaneously (at the same time)
   註解　同時地－只當副詞，原型為形容詞

663. overturn (reverse)
   註解　推翻－可當動詞和名詞

664. sleuth (a detective)
   註解　偵探－可當名詞和動詞

665. habitat (environment)
   註解　棲息地－只當名詞

666. relatively (comparatively)
   註解　相對地－只當副詞

667. wages (pay)
   註解　工資－只當名詞且要複數型

668. adequate (sufficient)
   註解　足夠的－只當形容詞

669. husk (shell)
   註解　外殼－可當名詞和動詞

670. precipitous (extremely steep)
   註解　陡峭的－只當形容詞

671. coat (fur)
   註解　外衣，獸皮－可當名詞和動詞

672. fired (baked)
   註解　火烤的－只當形容詞，但原型可當動詞和名詞

673. attire (dress)
   註解　衣服－可當名詞和動詞

674. issue (flow)
   註解　流動－可當動詞和名詞

675. aspiration (ambition)
   註解　呼吸，希望－只當名詞

676. slaughtering (killing)
   註解　屠殺的－只當形容詞，但原型可當名詞和動詞

677. innumerable (countless)
   註解　數不清的－只當形容詞

678. weariness (fatigue)
   註解　疲勞－只當名詞

679. engaging in (carrying on)
     註解 帶入－只當動詞片語

680. reform (betterment)
     註解 改進－可當動詞和名詞

681. hobble (limp)
     註解 跛行－可當動詞和名詞

682. brittle (breakable)
     註解 易碎的－只當形容詞

683. incorporated (contained)
     註解 合併的－只當形容詞，但原型可當動詞和形容詞

684. unorganized (haphazard)
     註解 無系統的－只當形容詞

685. accomplice (person who helped him)
     註解 同謀者－只當名詞

686. specified (designated)
     註解 指定的－只當形容詞，原型為動詞

687. owner (proprietor)
     註解 所有人－只當名詞

688. enticing (alluring)
     註解 利誘的－只當形容詞，原型為動詞

689. blunder (mistake)
     註解 錯誤－可當名詞和動詞

690. vacant (empty)
     註解 空的－只當形容詞

691. correct (accurate)
     註解 正確的－可當形容詞和動詞

692. request (petition)
     註解 請求－可當動詞和名詞

693. search (quest)
     註解 搜查－可當名詞和動詞

694. prevalent (widespread)
     註解 流行的－只當形容詞

695. live in (reside in)
     註解 住在－只當動詞片語

696. sure (confident)
> **註解**　確定的－可當形容詞和副詞

697. funny (hilarious)
> **註解**　有趣的－可當形容詞和名詞

698. putting up with (tolerating)
> **註解**　忍耐－動名詞片語

699. pay attention to (heed)
> **註解**　留心－只當動詞片語

700. inactive (inert)
> **註解**　不活動的－只當形容詞

701. agreeable (congenial)
> **註解**　同意的－只當形容詞，原型爲動詞

702. suddenly (with a jerk)
> **註解**　突然地－只當副詞，但原型可當形容詞和名詞

703. drink (sip it)
> **註解**　喝，吸收－可當動詞和名詞

704. agreement (concord)
> **註解**　協定－只當名詞

705. heterodox (not in accordance with established)
> **註解**　非正統的－只當形容詞

706. ten-year period (decade)
> **註解**　十年期間－只當名詞

707. compulsory (required)
> **註解**　強迫的－只當形容詞

708. wanderers (vagabonds)
> **註解**　流浪者－只當名詞

709. cut (severed)
> **註解**　切割－可當動詞，名詞和形容詞

710. far-reaching (extensive)
> **註解**　深遠的－只當形容詞

711. shout (bellow)
> **註解**　呼喊－可當動詞和名詞

712. disaster (cataclysm)
> **註解**　災難－只當名詞

713. detested (abhorred)

    註解　憎恨的－只當形容詞，原型為動詞

714. currently (at the present time)

    註解　現在地－只當副詞，但原型可當名詞和形容詞

715. victims (the one injured)

    註解　受害者－只當名詞

716. impact (effect)

    註解　衝突－可當動詞和名詞

717. are engaged in (are involved in)

    註解　參加，介入－只當動詞片語

718. mayhem (intentional violence)

    註解　重傷害罪－只當名詞

719. triumph (win)

    註解　勝利－可當名詞和動詞

720. is preempting (taking the place of)

    註解　佔用－只當動詞

721. penetrates (goes into)

    註解　穿入－只當動詞

722. induces (persuades)

    註解　說服－只當動詞

723. prime-time (heavy viewing)

    註解　主要時期－只當名詞，但 prime 可當形容詞，名詞和動詞

724. nurtured (fed)

    註解　教養的－只當形容詞，但原型可當名詞和動詞

725. remnants (remains)

    註解　殘遺物－只當名詞

726. arc (curve)

    註解　弧度－可當名詞和動詞

727. sites (locations)

    註解　位置－只當名詞

728. extraordinarily (remarkably)

    註解　特別地－只當副詞，原型為形容詞

729. confirm (verify)

    註解　證實－只當動詞

730. yielded (produced)
　　註解　生產的－只當形容詞，但原型可當動詞和名詞
731. inexactitude (the quality or state of being inexact or inaccurate)
　　註解　不正確－只當名詞
732. ingenuity (cleverness)
　　註解　智能－只當名詞
733. fruitful (productive)
　　註解　多產的－只當形容詞
734. firmly (decisively)
　　註解　確定地－只當副詞，但原型可當形容詞，動詞和副詞
735. blurry (unclear)
　　註解　模糊的－只當形容詞，但原型可當動詞和名詞
736. avert (turn away)
　　註解　移開－只當動詞
737. animate (alive)
　　註解　活的－可當形容詞和動詞
738. vigorously (energetically)
　　註解　精力充沛地－只當副詞，原型為形容詞
739. span (interval)
　　　短期間－可當名詞和動詞
740. temperament (personality)
　　註解　氣質－只當名詞
741. profligate (utterly and shamelessly immoral)
　　註解　行為不檢的－可當形容詞和名詞
742. apprehensive (anxious)
　　註解　憂慮的－只當形容詞
743. hindrance (restraint)
　　註解　妨礙－只當名詞
744. inside out with (turned toward the outside)
　　註解　翻轉地－只當副詞片語
745. tangled (mixed up)
　　註解　糾結的－只當形容詞，但原型可當動詞和名詞
746. equanimity (calm composure)
　　註解　鎮定－只當名詞

747. acutely (sharply)
> **註解**　尖銳地－只當副詞，原型爲形容詞

748. shattering (emotionally painful)
> **註解**　破碎的－只當形容詞，但原型可當動詞和名詞

749. indelicate (in bad taste)
> **註解**　不適當的－只當形容詞

750. data (information)
> **註解**　資料－只當名詞，注意單數爲 datum

751. agony (extreme pain)
> **註解**　非常的痛苦－只當名詞

752. flickered (went on and off)
> **註解**　一閃一閃的－只當形容詞，但原型可當動詞和名詞

753. distasteful (unpleasant)
> **註解**　不愉快的－只當形容詞

754. in mixed company (in groups containing both men and women)
> **註解**　男女混合隊－介詞片語

755. jumping to conclusions (making a judgement quickly and carefully)
> **註解**　草草結論－動名詞片語

756. look before you leap (do something carefully)
> **註解**　三思而後行－動詞片語

757. disorganized (cluttered)
> **註解**　紊亂的－只當形容詞，原型爲動詞

758. imperfections (defects)
> **註解**　缺點－只當名詞

759. reiterated (repeated)
> **註解**　反復的－只當形容詞，原型爲動詞

760. suspended (delayed)
> **註解**　暫停的－只當形容詞，原型爲動詞

761. hasty (quick)
> **註解**　急忙的－只當形容詞

762. warned (admonished)
> **註解**　警告的－只當形容詞，原型爲動詞

763. routine (usual)
> **註解**　常規－可當名詞和形容詞

764. cut down (decreased the number of)
　　註解　減少－可當動詞和副詞
765. sleazy (cheap)
　　註解　質料不佳的－只當形容詞
766. lifting the shoulders (shrugging)
　　註解　聳聳肩－動名詞片語
767. celestial bodies (meteors)
　　註解　天體，隕石－只當名詞
768. quarreling (bickering)
　　註解　爭吵的－只當形容詞，但原型可當名詞和動詞
769. giving (dedicating)
　　註解　給與的－只當形容詞，但原型可當動詞和名詞
770. favor one leg (limp)
　　註解　跛行－動詞片語
771. oxidized (rusty)
　　註解　生銹的－只當形容詞，原型為動詞
772. interfering with (tampering with)
　　註解　干涉－動詞片語
773. finances (assets)
　　註解　財產－只當名詞，但原型可當動詞和名詞
774. hoarse (rough)
　　註解　沙啞的－只當形容詞
775. lessen (abate)
　　註解　減少－只當動詞
776. prisoner (captive)
　　註解　囚犯－只當名詞
777. time (interval)
　　註解　時間－可當名詞，動詞和形容詞
778. concinnity (any harmonious adaptation of parts)
　　註解　和諧－只當名詞
779. menace (threaten)
　　註解　威脅－可當名詞和動詞
780. published (brought out)
　　註解　出版的－只當形容詞，原型為動詞

781. sleep (doze)
　　　註解　睡覺－可當動詞和名詞

782. purified (cleansed)
　　　註解　洗淨的－只當形容詞，原型為動詞

783. thump (a dull noise)
　　　註解　撞擊聲－可當名詞和動詞

784. precaution (preventive measure)
　　　註解　預備－只當名詞

785. about to occur (imminent)
　　　註解　即將發生的－介詞片語

786. starvation (famine)
　　　註解　飢餓－只當名詞

787. major (significant)
　　　註解　主要的－可當形容詞，名詞和動詞

788. highways (roads)
　　　註解　公路－只當名詞

789. funds (financing)
　　　註解　金錢－只當名詞，原型可當名詞和動詞

790. overcast (cloudy)
　　　註解　陰暗的－可當形容詞和動詞

791. surroundings (environment)
　　　註解　環境－只當名詞

792. greasy (oily)
　　　註解　油油的－只當形容詞

793. expended (spent)
　　　註解　花費的－只當形容詞，原型為動詞

794. dialectic (logical argumentation)
　　　註解　邏輯論理－可當名詞和形容詞

795. bleach (whiten)
　　　註解　漂白－可當動詞和名詞

796. impervious (unaffected by)
　　　註解　不受影響的－只當形容詞

797. suspended (hanging)
　　　註解　懸掛的－只當形容詞，原型為動詞

798. outside（external）
> 註解　外面的－可當介詞，形容詞，名詞和副詞

799. profusely（abundantly）
> 註解　很多地－只當副詞，原型為形容詞

800. amalgam（mixture）
> 註解　混合物－只當名詞

801. blossom（bloom）
> 註解　花－可當名詞和動詞

802. release（discharge）
> 註解　解放－可當名詞和動詞

803. scope（range）
> 註解　範圍－只當名詞

804. is not ambulatory（cannot walk）
> 註解　不能走的－形容詞片語

805. at the behest（at the request）
> 註解　吩咐－介詞片語

806. fractured（crashed）
> 註解　破裂的－只當形容詞，但原型可當名詞和形容詞

807. peculiar（odd）
> 註解　奇怪的－只當形容詞

808. defined（specified）
> 註解　特別說明的－只當形容詞，原型為動詞

809. worth（merit）
> 註解　有價值的－可當形容詞和名詞

810. hotly（vehemently）
> 註解　熱心地－只當副詞

811. conversant（versed, learned, skilled）
> 註解　精通的－只當形容詞

812. caricature（satirize）
> 註解　諷刺－可當動詞和名詞

813. reassure（encourage; hearten; inspirit）
> 註解　使恢復信心－只當動詞

814. eccentric（unconventional）
> 註解　偏離的－可當形容詞和名詞

815. stamina (endurance)
> **註解** 精力－只當名詞

816. scrutinized (inspected)
> **註解** 細察的－只當形容詞，原型為動詞

817. contentious (argumentative)
> **註解** 好爭吵的－只當形容詞

818. callous (uncaring)
> **註解** 無感覺的－只當形容詞

819. factions (political groups)
> **註解** 小派系－只當名詞

820. deltoid (a large triangular muscle)
> **註解** 三角肌－可當名詞和形容詞

821. persecuted (tortured)
> **註解** 迫害的－只當形容詞，原型為動詞

822. benefactor (patron)
> **註解** 恩人－只當名詞

823. chagrin (humiliation)
> **註解** 煩悶－可當名詞和動詞

824. transformed (changed)
> **註解** 改變的－只當形容詞，原型為動詞

825. substation (a subsidiary station)
> **註解** 分局，分所－只當名詞

826. fidget (to move about restlessly)
> **註解** 坐立不安－可當動詞和名詞

827. intermittent (recurrent)
> **註解** 繼續的－只當形容詞

828. prone (face-down)
> **註解** 面向下的－只當形容詞

829. executive (administrative)
> **註解** 執行的－可當形容詞和名詞

830. agrimony (any rosaceous plant of the genus)
> **註解** 龍芽草－只當名詞

831. confident (sure)
> **註解** 自信的－只當形容詞

832. uproarious (clamorous)
     註解　騷動的－只當形容詞

833. subdued (vanquished)
     註解　克服的－只當形容詞，原型爲動詞

834. gathered (assembled)
     註解　聚集的－只當形容詞，原型爲動詞

835. withered (wilted)
     註解　萎縮的－只當形容詞

836. raging (intense)
     註解　憤怒的－只當形容詞

837. make on young (rejuvenate)
     註解　使年輕－動詞片語

838. impetuous (impulsive)
     註解　猛烈的－只當形容詞

839. immaterial (unimportant)
     註解　不重要的－只當形容詞

840. comprise (include)
     註解　包括－只當動詞，同 comprize

841. exhilarated (stimulated)
     註解　興奮的－只當形容詞，原型爲動詞

842. splendor (magnificence)
     註解　光輝－只當名詞

843. commence (begin)
     註解　開始－只當動詞

844. ecchymosis (a discoloration due to extravasation of blood, as in a bruise)
     註解　瘀斑－只當名詞

845. instantly (immediately)
     註解　立刻地－只當副詞，原型可當名詞和形容詞

846. slate (a dull, dark bluish gray)
     註解　深藍灰色－可當名詞和動詞

847. gesture (motion)
     註解　手勢－可當名詞和動詞

848. briskly (quickly)
     註解　敏捷地－只當副詞，原型爲形容詞

849. negligent (remiss)
   註解 疏忽的－只當形容詞

850. confidant (adherent; companion)
   註解 知己，密友－只當名詞

851. proprietor (owner)
   註解 所有人－只當名詞

852. irrelevant (alien)
   註解 不相關的－只當形容詞

853. obliterated (effaced)
   註解 塗掉的，消滅的－只當形容詞，原型為動詞

854. chaotic (disorderly)
   註解 混亂的－只當形容詞

855. eluded (evaded)
   註解 規避的－只當形容詞，原型為動詞

856. winced (flinched)
   註解 畏縮的－只當形容詞，但原型可當動詞和名詞

857. taut (tight)
   註解 拉緊的－只當形容詞

858. starved (famished)
   註解 飢餓的－只當形容詞，原型為動詞

859. alert (vigilant)
   註解 小心的－可當形容詞，名詞和動詞

860. caressed (fondled)
   註解 愛撫的－只當形容詞，但原型可當動詞和名詞

861. massive (immense)
   註解 巨大的－只當形容詞

862. precocious (gifted)
   註解 早熟的－只當形容詞

863. scrubby (wretched; shabby)
   註解 下等的－只當形容詞

864. deviate from (depart from)
   註解 離題－動詞片語

865. divulge (reveal)
   註解 宣佈－只當動詞

866. contaminated (polluted)
     註解　污染的－只當形容詞，原型爲動詞
867. defective (imperfect)
     註解　有缺點的－可當形容詞和名詞
868. detected (discovered)
     註解　發現的－只當形容詞，原型爲動詞
869. cluttered (littered)
     註解　雜亂的－只當形容詞，但原型可當動詞和名詞
870. effect (influence)
     註解　結果－可當名詞和動詞
871. principium (a principle)
     註解　基本原則－只當名詞
872. rustling (movement)
     註解　沙沙聲－可當名詞和形容詞，但原型可當動詞和名詞
873. exemplary (model)
     註解　模範的－只當形容詞
874. loitering (loafing)
     註解　閒逛的－只當形容詞，原型爲動詞
875. installment (monthly payment)
     註解　分期付款－只當名詞
876. deplume (to deprive of feathers; pluck)
     註解　拔毛，拔除－只當動詞
877. memo (note)
     註解　備忘錄－只當名詞，同 memorandum
878. well-known (celebrated)
     註解　著名的－只當形容詞
879. inquiry (enquiry, investigation)
     註解　調查－只當動詞
880. requisition (request)
     註解　要求－可當名詞和動詞
881. imperative (necessary)
     註解　必要的－可當形容詞和名詞
882. facsimile (reproduction)
     註解　複製－可當名詞和動詞

883. brochures (pamphlets)
     註解　小冊子－只當名詞

884. seizure (the act or an instance of seizing)
     註解　捕獲－只當名詞

885. boundary (border)
     註解　邊界－只當名詞

886. accumulate (pile up)
     註解　堆積－只當動詞

887. stimulate (encourage)
     註解　刺激－只當動詞

888. ostracized (shunned)
     註解　放逐的－只當形容詞，原型爲動詞

889. revoked (canceled)
     註解　取消的－只當形容詞，但原型可當動詞和名詞

890. verdict (decision)
     註解　裁決－只當名詞

891. frolicking (running playfully)
     註解　嬉戲的－只當形容詞，但原型可當名詞，動詞和形容詞

892. efficient (effective)
     註解　有效的－只當形容詞

893. raid (invasion)
     註解　侵犯－可當名詞和動詞

894. indigenous (native)
     註解　土產的－只當形容詞

895. laced (criss-crossed)
     註解　有花邊的－只當形容詞

896. resumes (continues)
     註解　繼續－只當動詞

897. exclusively (only)
     註解　獨占地－只當副詞

898. ancestors (forefathers)
     註解　祖先－只當名詞

899. leadership (guidance)
     註解　領導－只當名詞

900. absorbed (engrossed)
     註解　全神貫注的－只當形容詞

901. affluent (wealthy)
     註解　富裕的－可當形容詞和名詞

902. ambiguous (vague)
     註解　可疑的－只當形容詞

903. abhor (detest)
     註解　痛恨－只當動詞

904. astonished (astounded)
     註解　驚恐的－只當形容詞，原型為動詞

905. greed (avarice)
     註解　貪財－只當名詞

906. multiply (to make many or manifold)
     註解　增多－只當動詞

907. octagonal (eight sided)
     註解　八角形的－只當形容詞

908. impediment (defect)
     註解　阻礙，結巴－只當名詞

909. impromptu (unprepared)
     註解　臨時的－可當形容詞，副詞和名詞

910. rigor (severity)
     註解　堅強－只當名詞

911. randomly (indiscriminately)
     註解　隨便地－只當副詞，原型可當形容詞和名詞

912. succeeded (followed)
     註解　成功的，繼位的－只當形容詞，原型為動詞

913. blockade (closure)
     註解　封鎖－可當動詞和名詞

914. abound (to occur or exist in great quantities or numbers)
     註解　充滿－只當動詞

915. instilled (implanted)
     註解　灌輸的－只當形容詞，原型為動詞

916. hazy (vague)
     註解　模糊的－只當形容詞

917. incompetent (incapable)
> **註解** 不能勝任的－只當形容詞

918. mesmerized (hypnotized)
> **註解** 催眠的－只當形容詞，原型為動詞

919. fallow (unplanted)
> **註解** 休耕的－可當形容詞，名詞和動詞

920. raw (uncooked)
> **註解** 生的－可當形容詞和名詞

921. legend (myth)
> **註解** 傳奇－只當名詞

922. gradually (slowly)
> **註解** 逐漸地－只當副詞，原型為形容詞

923. commerce (trade)
> **註解** 商業－只當名詞

924. an imitator (a copier)
> **註解** 一個模仿者－只當名詞

925. suppressed (quashed)
> **註解** 抑制的－只當形容詞

926. confiscated (sequestrated)
> **註解** 充公的－只當形容詞，原型為動詞

927. vast (enormous)
> **註解** 巨大的－只當形容詞

928. inundated (flooded)
> **註解** 淹沒的－只當形容詞，原型為動詞

929. reflection (image)
> **註解** 反射－只當名詞

930. homogeneous (uniform)
> **註解** 同類的－只當形容詞

931. irreparable (irrecoverable)
> **註解** 不能修補的－只當形容詞

932. retaliated (took revenge)
> **註解** 報復的－只當形容詞，原型為動詞

933. fictitious (false)
> **註解** 假設的－只當形容詞

934. tempo (rhythm)
    註解　拍子，速度－只當名詞
935. manifestation (demonstration)
    註解　一種表明－只當名詞
936. obese (corpulent)
    註解　肥胖的－只當形容詞
937. condoned (overlooked)
    註解　原諒的－只當形容詞，原型爲動詞
938. unabashed (unembarrassed)
    註解　無羞恥心的－只當形容詞
939. eradicate (wipe out)
    註解　根除－只當動詞
940. spacious (roomy)
    註解　寬大的－只當形容詞
941. perpetrate (commit)
    註解　觸犯－只當動詞
942. tremors (vibrations)
    註解　興奮－只當名詞
943. dumbfounded (dumfounded; speechless)
    註解　驚惶失色的－只當形容詞，原型爲動詞
944. dual (twofold)
    註解　兩層的－只當形容詞
945. jocular (jesting)
    註解　好笑的－只當形容詞
946. mortified (humiliated)
    註解　屈辱的－只當形容詞，原型爲動詞
947. wan (pale)
    註解　蒼白的－只當形容詞
948. efface (erase)
    註解　消除－只當動詞
949. disrobe (undress)
    註解　脫衣－只當動詞
950. dispersed (scattered)
    註解　解散的－只當形容詞，原型爲動詞

951. concocted (created)

註解　調製的－只當形容詞，原型爲動詞

952. diluvial (pertaining to or caused by a flood or deluge)

註解　洪水的－只當形容詞

953. brusque (abrupt)

註解　粗率的－只當形容詞，同 brusk

954. emphasis (stress)

註解　強調－只當名詞

955. insinuated (suggested)

註解　暗示的－只當形容詞，原型爲動詞

956. snapshot (photo)

註解　快照－可當名詞和動詞

957. secluded (isolated)

註解　隔離的－只當形容詞

958. daring (bold)

註解　勇敢的－可當名詞和形容詞

959. defoliate (to strip trees, bust of leaves)

註解　除去樹葉－可當名詞和動詞

960. serenity (calmness)

註解　平靜－只當名詞

961. emphasized (accentuated)

註解　強調的－只當形容詞，原型爲動詞

962. cope with (deal with)

註解　應付－動詞片語

963. undulatory (having the form or appearance of waves)

註解　波狀的－只當形容詞

964. migrant (transient)

註解　移居的－可當名詞和形容詞

965. navigate (sail)

註解　航行－只當動詞

966. distorted (altered)

註解　扭曲的－只當形容詞，原型爲動詞

967. maritime (sea)

註解　海上的－只當形容詞

968. empowered (authorized)

　　註解　授權的－只當形容詞，原型爲動詞

969. involuntary (automatic)

　　註解　非本意的－只當形容詞

970. congratulated (praised)

　　註解　祝賀的－只當形容詞，原型爲動詞

971. girth (rotundity)

　　註解　周圍，肥胖－可當名詞和動詞

972. numbing (paralyzing)

　　註解　麻木的－只當形容詞，原型爲動詞

973. contention (discord)

　　註解　爭論－只當名詞

974. impoverish (deplete; drain; weaken; fatigue)

　　註解　耗盡－只當動詞

975. at sixes and sevens (disagreeable; in disorder)

　　註解　不協調－介詞片語

976. come down with (pay over; become sick with)

　　註解　付款，生病－動詞片語

977. keep at (continue doing)

　　註解　繼續－動詞片語

978. scaled (climbed)

　　註解　攀爬的－只當形容詞，但原型可當名詞和動詞

979. austerity (simplicity)

　　註解　苛刻，苦行－只當名詞

980. facilitate (to make easier or less difficult)

　　註解　使容易－只當動詞

981. nocturnal (night)

　　註解　夜間的－只當形容詞

982. clarity (clearness)

　　註解　清楚－只當名詞

983. perquisite (an incidental emolument, fee, or profit over and above fixed income, salary, or wages)

　　註解　額外津貼－只當名詞

984. vanguard (advance guard; van)

　　　　註解　先鋒－只當名詞

985.　furious (irate)
　　　　註解　兇猛的－只當形容詞

986.　poverty (indigence)
　　　　註解　貧困－只當名詞

987.　irrigated (watered)
　　　　註解　灌溉的－只當形容詞，原型爲動詞

988.　roamed (wandered)
　　　　註解　流浪的－只當形容詞，但原型可當動詞和名詞

989.　minute (infinitesimal)
　　　　註解　微小的－可當形容詞和名詞

990.　suppose (imagine)
　　　　註解　想像－只當動詞

991.　accessible (available)
　　　　註解　可達到的－只當形容詞

992.　dominant (controlling)
　　　　註解　可支配的－只當形容詞

993.　inessential (not necessary)
　　　　註解　不必要的－可當形容詞和名詞

994.　hostile (antagonistic)
　　　　註解　敵對的－只當形容詞

995.　indulging (engaging)
　　　　註解　任意的－只當形容詞，原型爲動詞

996.　confrontations (disputes)
　　　　註解　爭論－只當名詞

997.　recipients (receivers)
　　　　註解　接受者－可當名詞和形容詞

998.　perched (located)
　　　　註解　棲息的－只當形容詞，但原型可當名詞和動詞

999.　wounded (injured)
　　　　註解　創傷的－只當形容詞，但原型可當名詞和動詞

1000.　convey (communicate)
　　　　註解　溝通－只當動詞

1001.　coveted (much desired)

      註解   貪得的－只當形容詞，原型爲動詞

1002. inhospitable (uninviting)

      註解   不親切的－只當形容詞

1003. renovated (refurbished)

      註解   變新的－只當形容詞，原型爲動詞

1004. salvage (save)

      註解   救援－可當動詞和名詞

1005. succulent (full of juice; juicy)

      註解   多汁的－只當形容詞

1006. enthralled (captivated)

      註解   迷住的－只當形容詞，原型爲動詞

1007. costumer (one who makes sells)

      註解   銷售商－只當名詞

1008. sketchy (vague)

      註解   概要的－只當形容詞

1009. permeated (pervaded)

      註解   擴散的－只當形容詞，原型爲動詞

1010. aqueous (watery)

      註解   含水的－只當形容詞

1011. disintegration (decomposition)

      註解   分解－只當名詞

1012. fuse (unite)

      註解   結合－可當名詞和動詞

1013. impact (effect)

      註解   碰撞－可當名詞和動詞

1014. culmination (climax)

      註解   頂端－只當名詞

1015. densely (heavily)

      註解   嚴密地－只當副詞，原型爲形容詞

1016. prosperous (flourishing)

      註解   繁榮的－只當形容詞

1017. encompassed (encircled)

      註解   包圍的－只當形容詞，原型爲動詞

1018. emollient (having the power of softening or relaxing living tissues)

註解 鎮痛劑－可當名詞和形容詞

1019. annexed (joined)

註解 合併的－只當形容詞，但原型可當動詞和名詞

1020. were inconsistent with (contradicted)

註解 矛盾的－形容詞片語

1021. promptitude (promptness)

註解 敏捷－只當名詞

1022. pursuer (follower)

註解 繼任者－只當名詞

1023. sole (only)

註解 唯一的－可當形容詞，名詞和動詞

1024. resign (quit)

註解 辭職－只當動詞

1025. thorough (complete)

註解 完全的－可當形容詞和副詞，同 thoro

1026. resourcefulness (skill)

註解 機智－只當名詞

1027. recently (lately)

註解 最近地－只當副詞

1028. not wide enough (too narrow)

註解 不够寬的－形容詞片語

1029. demolished (razed)

註解 推翻的－只當形容詞，原型爲動詞

1030. overlooked (neglected)

註解 忽略的－只當形容詞，原型爲動詞

1031. cutpurse (thief; pickpocket; bandit)

註解 扒手－只當名詞

1032. obligations (duties)

註解 義務－只當名詞

1033. refused (denied)

註解 拒絕的－只當形容詞，但原型可當動詞，名詞和形容詞

1034. expectations (anticipations)

註解 期望－只當名詞

1035. congenial (pleasant)

註解　情投意合的－只當形容詞

1036. complimentary (free)
　　　註解　讚美的－只當形容詞

1037. portrayed (depicted)
　　　註解　描繪的－只當形容詞，原型為動詞

1038. core (center)
　　　註解　中心－可當名詞和動詞

1039. prolific (productive)
　　　註解　多產的－只當形容詞

1040. endorsed (signed)
　　　註解　背書的－只當形容詞，原型為動詞

1041. dangling (swinging)
　　　註解　搖擺的－只當形容詞，原型為動詞

1042. introductory (preliminary)
　　　註解　初步的－只當形容詞

1043. condense (abbreviate)
　　　註解　凝結，縮寫－只當動詞

1044. fragments (pieces)
　　　註解　碎片－只當名詞

1045. deluge (downpour)
　　　註解　傾盆大雨－可當名詞和動詞

1046. creditable (praiseworthy)
　　　註解　可稱讚的－只當形容詞

1047. liable (legally responsible)
　　　註解　義務的－只當形容詞

1048. presumptuous (audacious)
　　　註解　無顧忌的－只當形容詞

1049. emigrated (departed)
　　　註解　移出的－只當形容詞，原型為動詞

1050. adept (proficient)
　　　註解　老練的－可當形容詞和名詞

1051. additional (further)
　　　註解　附加的－只當形容詞

1052. compassion (pity)

註解　同情－只當名詞

1053. in place of (in stead of)
　　　註解　代替－介詞片語

1054. for the most part (mainly)
　　　註解　主要部份－介詞片詞

1055. all of a sudden (suddenly)
　　　註解　突然地－副詞片語

1056. on the other hand (however; nevertheless)
　　　註解　然而，另外一方面－介詞片語

1057. once in a while (occasionally)
　　　註解　偶而－副詞片語

1058. in no time at all (in a very short time)
　　　註解　短時間－介詞片語

1059. by far (considerably)
　　　註解　相當地－副詞片語

1060. on the dot (on time)
　　　註解　準時－介詞片語

1061. pounce (jump)
　　　註解　跳躍－可當名詞和動詞

1062. mildew (mold; rot)
　　　註解　發霉－可當名詞和動詞

1063. egret (a type of bird)
　　　註解　白鷺－只當名詞

1064. inveigh against (talk loudly against; attack verbally; protest)
　　　註解　痛罵－只當動詞

1065. slither (move like a snake; slide)
　　　註解　滑行－可當動詞和名詞

1066. pelt (hit)
　　　註解　投擲－可當動詞和名詞

1067. kinetics (the study of body motion)
　　　註解　動力學－只當名詞

1068. gremlin (goblin)
　　　註解　小妖精－只當名詞

1069. ravenous (extremely hungry)

註解　非常餓的－只當形容詞

1070. salutatory (pertaining to or of the nature of a salutation)
　　　註解　致意的－可當形容詞和名詞

1071. a la carte (with a separate price for each item on the menu)
　　　註解　依菜單點菜－只當名詞，爲法國字

1072. surcharge (an additional charge)
　　　註解　額外收費－可當名詞和動詞

1073. adamant (firm; inflexible; determined; unwilling to change one's mind)
　　　註解　堅持的－可當形容詞和名詞

1074. rotten (spoiled; decomposed; tainted; bad)
　　　註解　腐爛的－只當形容詞

1075. abuse (mistreatment; injuries)
　　　註解　虐待－可當名詞和動詞

1076. reprimand (criticize formally or severely; scold)
　　　註解　責備－可當動詞和名詞

1077. gravely (seriously)
　　　註解　嚴重地－只當副詞，原型可當名詞和形容詞

1078. objectionable (offending; disagreeable)
　　　註解　反對的－只當形容詞

1079. entitle (to give a person or thing a title, right or claim to something)
　　　註解　定名稱或資格－只當動詞

1080. gamy (slightly tainted)
　　　註解　有氣味的－只當形容詞

1081. nauseous (ugly; unpleasant; rotten)
　　　註解　不愉快的－只當形容詞

1082. console (to comfort; to cheer　　 up after a disappointment)
　　　註解　安慰－可當動詞和名詞

1083. gingerly (carefully; cautiously; timidly; delicately)
　　　註解　極小心的－可當形容詞和副詞

1084. campaign (program)
　　　註解　活動－可當名詞和動詞

1085. ban (to prevent; to prohibit; forbid)
　　　註解　禁止－可當動詞和名詞

1086. restraint (circumscription; restriction)

| 註解 | 限制－只當名詞 |

1087. curb (control; limit; restrict; restrain)

| 註解 | 抑制－可當動詞和名詞 |

1088. consumption (use of goods or services)

| 註解 | 消耗－只當名詞 |

1089. unisexual (of or pertaining to one sex only)

| 註解 | 單性的－只當形容詞 |

1090. treacherous (unreliable; unpredictable; changeable)

| 註解 | 不可靠的－只當形容詞 |

1091. freak (unusual; queer; abnormal)

| 註解 | 奇怪的－可當形容詞和名詞 |

1092. impassable (not navigable)

| 註解 | 不能通行的－只當形容詞 |

1093. vantage (an advantage or superiority)

| 註解 | 優勢地位－只當名詞 |

1094. malfunction (failure to function)

| 註解 | 失去功能－只當名詞 |

1095. extraterrestrial (from outer space; not of this plant)

| 註解 | 外地球的－只當形容詞 |

1096. weird (strange; odd; queer; unusual; mysterious; eerie; frightening)

| 註解 | 不可想像的－只當形容詞 |

1097. hotspur (an impetuous person; a hot-head)

| 註解 | 性急之人－可當名詞和形容詞 |

1098. anticipate (guess in advance; foresee)

| 註解 | 預測－只當動詞 |

1099. massive (large; heavy; clumsy)

| 註解 | 重大的－只當形容詞 |

1100. appease (satisfy)

| 註解 | 滿意－只當動詞 |

1101. provoke (cause)

| 註解 | 引起－只當動詞 |

1102. manifest (show; demonstrate)

| 註解 | 表示－可當動詞，形容詞和名詞 |

1103. toll (total; count; extent of loss)

註解 代價，徵費－可當名詞和動詞

1104. wretched (poor; terrible; miserable)

註解 不幸的－只當形容詞

1105. mammiferous (having mammae)

註解 有乳房的－只當形容詞

1106. mock (not real; imitation ; false)

註解 假的－可當形容詞，動詞和名詞

1107. drown out (cover a sound)

註解 掩蓋－動詞片語

1108. adjustment (a change)

註解 調整－只當名詞

1109. nitty-gritty (basic; fundamental)

註解 基本－只當名詞

1110. trials and tribulations (problems)

註解 困境－只當名詞

1111. strain (weaken by force; put pressure on)

註解 濫用，拉緊－可當動詞和名詞

1112. alimony (money paid to a former wife or husband)

註解 贍養費－只當名詞

1113. aptitude (special ability; quickness to learn)

註解 才能－只當名詞

1114. on the verge (on the edge; about to do something)

註解 接近－介詞片語

1115. hysterical (wild; emotionally uncontrolled)

註解 狂烈的－只當形容詞

1116. nudity (the state or fact of being nude)

註解 裸體－只當名詞

1117. incentive (encouragement; motive; stimulus)

註解 動機－可當名詞和形容詞

1118. ludicrous (extremely funny; ridiculous)

註解 可笑的－只當形容詞

1119. offspring (children)

註解 後代，子孫－只當名詞

1120. tender (young)

註解 嫩的－可當形容詞，動詞和名詞

1121. slashed (cut)

註解 砍的－只當形容詞，但原型可當動詞和名詞

1122. sweep (clean)

註解 掃除－可當動詞和名詞

1123. mimicked (copied; imitated)

註解 仿冒的－只當形容詞，但原型可當形容詞，動詞和名詞

1124. abstained (didn't vote)

註解 戒掉的－只當形容詞，原型為動詞

1125. handicap (disadvantage; hindrance)

註解 障礙－可當名詞和動詞

1126. lag (fall behind)

註解 落後－可當動詞和名詞

1127. orient (locate)

註解 定位置－可當動詞，名詞和形容詞

1128. coppersmith (one who makes utensils, jewelry)

註解 銅匠－只當名詞

1129. attributes (qualities)

註解 品質，品性－只當名詞，但原型可當動詞和名詞

1130. confer (grant; give to)

註解 給付－只當動詞

1131. pedantic (bookish; boring)

註解 好賣弄學問的－只當形容詞

1132. allot (apart from)

註解 分配－只當動詞

1133. refrain (hold back; control oneself)

註解 克制－只當動詞

1134. ineffectual (not effective)

註解 無效的－只當形容詞

1135. marigold (a type of flower)

註解 金盞草－只當名詞

1136. drab (uninteresting; dull)

註解 單調的－可當形容詞，名詞和動詞

1137. butt (target)

註解 目標－可當名詞和動詞

1138. integral (essential; basic)
註解 必要的－可當形容詞和名詞

1139. glimpses (brief, quick views; passing looks)
註解 匆匆一瞥－可當名詞和動詞

1140. enraptured (fascinated; enchanted)
註解 狂樂的－只當形容詞，原型為動詞

1141. ragman (a man who gathers or deals in rags)
註解 收買破爛東西的人－只當名詞

1142. bewildered (confused)
註解 昏亂的－只當形容詞，原型為動詞

1143. plea (a request; appeal)
註解 請求－只當名詞

1144. crouch (bend low; squat)
註解 蹲踞－可當動詞和名詞

1145. clinging (holding on to)
註解 堅持的－只當形容詞，但原型可當動詞和名詞

1146. maneuvered (manipulated; moved; manoeuvred)
註解 換防的－只當形容詞，但原型可當動詞和名詞

1147. hoisted (pulled; lifted)
註解 升高的－只當形容詞，但原型可當動詞和名詞

1148. scuttled (ran or moved quickly, as away from danger)
註解 急步走的－只當形容詞，但原型可當名詞和動詞

1149. hurled (threw)
註解 用力投的－只當形容詞，但原型可當動詞和名詞

1150. screeching (screaming)
註解 尖叫的－只當形容詞，但原型可當動詞和名詞

1151. reluctance (unwillingness)
註解 不願意－只當名詞

1152. ritual (ceremony; rite)
註解 典禮－可當名詞和形容詞

1153. paraphernalia (equipment)
註解 裝備－只當名詞

1154. drawing (lottery)

註解 開票的－只當形容詞，但原型可當動詞和名詞

1155. gravitate (to tend toward the lowest level)

註解 沉降底－只當動詞

1156. disengage (release oneself; get loose)

註解 解約－只當動詞

1157. stirred up (moved; shook)

註解 攪動－只當動詞

1158. fade off (slowly disappear or end; die out)

註解 消失－只當動詞

1159. shabbier (older; worn out)

註解 比較舊的－只當形容詞，為 shabby 的比較級

1160. lapse (fall away; slip from memory)

註解 失誤－可當名詞和動詞

1161. craned (raised or moved)

註解 拉起的－只當形容詞，但原型可當名詞和動詞

1162. tapped (hit lightly)

註解 輕拍的－只當形容詞，但原型可當動詞和名詞

1163. hydroelectric plant (a plant which uses water power to produce electricity)

註解 水力發電廠－只當名詞

1164. hyperactive (overactive)

註解 過動的－只當形容詞

1165. dehydration (loss of water from the body)

註解 脫水症－只當名詞

1166. hypersensitive (overly sensitive; too easily hurt)

註解 神經過敏的－只當形容詞

1167. hypodermic (a needle used to inject substances under the skin)

註解 皮下注射器－可當名詞和形容詞

1168. orthodontia (a type of dentistry concerned with straightening teeth)

註解 牙齒矯正術－只當名詞

1169. dermatologist (a doctor who treats skin diseases)

註解 皮膚病科醫師－只當名詞

1170. geothermal (heat of the earth)

註解 地熱－只當名詞

1171. bipedal (walked on two feet; biped)
    註解　兩足的－只當形容詞

1172. correlation (a close or natural relation)
    註解　密切關係－只當名詞

1173. reliance (dependence)
    註解　依賴－只當名詞

1174. adroit (skillful)
    註解　熟練的－只當形容詞

1175. confrontation (a face to face meeting)
    註解　面對面會議－只當名詞

1176. consensus (agreement in opinion)
    註解　意見一致－只當名詞

1177. literate (educated)
    註解　受過教育的－可當形容詞和名詞

1178. articulate (able to express oneself clearly)
    註解　明白的－可當形容詞和動詞

1179. mobility (movement; change)
    註解　流動性－只當名詞

1180. exasperated (angered; irritated; frustrated)
    註解　激怒的－只當形容詞，原型為動詞

1181. deadline (a time limit)
    註解　最後期限－只當名詞

1182. dedication (loyalty)
    註解　奉獻－只當名詞

1183. homologate (to approve; ratify)
    註解　確認－只當動詞

1184. unilateral (not reciprocal)
    註解　單方的－只當形容詞

1185. firmament (the vault of heaven; sky)
    註解　蒼天－只當名詞

1186. vocational (professional)
    註解　職業的－只當形容詞

1187. forthrightly (directly)
    註解　坦白地－只當副詞，但原型可當形容詞，副詞和名詞

1188. converted (changed)
　　　　註解　改變的－只當形容詞，但原型可當動詞和名詞

1189. imperceptible (unnoticeable)
　　　　註解　不能感覺到的－只當形容詞

1190. sufficient (enough)
　　　　註解　足夠的－可當形容詞和名詞

1191. confidential (trusting)
　　　　註解　信任的－只當形容詞

1192. oblige (do a favor for)
　　　　註解　賜與－只當動詞

1193. solitude (isolation)
　　　　註解　孤獨，荒地－只當名詞

1194. precariously (dangerously; uncertainly)
　　　　註解　不安定地－只當副詞，原型為形容詞

1195. trudge (walk tiredly; slowly)
　　　　註解　跋涉－可當動詞和名詞

1196. grooming (personal cleaning)
　　　　註解　整潔的－只當形容詞，但原型可當名詞和動詞

1197. matrimony (marriage)
　　　　註解　結婚－只當名詞

1198. convene (call together; start)
　　　　註解　集合－只當動詞

1199. ingest (eat; take inside)
　　　　註解　吃下肚－只當動詞

1200. autocratic (dictatorial; undemocratic; tyrannical; domineering)
　　　　註解　獨裁的－只當形容詞

1201. limnology (fresh water biology)
　　　　註解　淡水生物學－只當名詞

1202. preoccupied (absorbed in one's thoughts; unable to concentrate)
　　　　註解　先佔的，無法專心的－只當形容詞

1203. tempest (a violent storm, or commotion)
　　　　註解　風暴，騷亂－只當名詞

1204. prestigious (admired; important)
　　　　註解　威望的－只當形容詞

1205. treat (give medical care to)
　　註解　治療－可當名詞和動詞

1206. ailing (sick)
　　註解　生病的－只當形容詞

1207. puberty (rites ceremonies that mark adulthood)
　　註解　青春期儀式－只當名詞

1208. detrimental (damaging; harmful; injurious)
　　註解　傷害的－只當形容詞

1209. starveling (starving; suffering; from lack of nourishment)
　　註解　營養不良的－可當形容詞和名詞

1210. gink (one who is unpleasant or insignificant)
　　註解　古怪的人－只當名詞

1211. intrigued (fascinated)
　　註解　困惑的－只當形容詞，但原型可當名詞和動詞

1212. vanity (lovc of sclf)
　　註解　虛榮心－只當名詞

1213. thrive (flourish)
　　註解　繁華－只當動詞

1214. lavatories (bathrooms)
　　註解　廁所－只當名詞

1215. adopt (use)
　　註解　採用－只當動詞

1216. usherette (a female who escorts persons to seats in a church, theater, etc.)
　　註解　女性招待員－只當名詞

1217. propped up (supported)
　　註解　支持－只當動詞，但原型可當動詞和名詞

1218. browny (reddish brown)
　　註解　棕褐色－只當形容詞

1219. languid (slow)
　　註解　呆滯的－只當形容詞

1220. touched (queer)
　　註解　損害的，碰觸的－只當形容詞，但原型可當動詞和名詞

1221. plucked (picked)
　　註解　採收的－只當形容詞，但原型可當動詞和名詞

1222. pick-me-up (something that makes one feel better)
　　　註解 興起，旺盛－只當動詞

1223. priority (precedence)
　　　註解 在前，優先－只當名詞

1224. absurd (ridiculous; silly)
　　　註解 可笑的－只當形容詞

1225. subsidize (support)
　　　註解 補助－只當動詞

1226. predicament (a troublesome or difficult situation)
　　　註解 困境－只當名詞

1227. integrate (to bring together into a whole; to unite or combine)
　　　註解 使成完全之物－只當動詞

1228. despot (oppressor; dictator; tyrant; autocrat)
　　　註解 暴君－只當名詞

1229. flocking (coming in large numbers)
　　　註解 一大群的－只當形容詞，但原型可當名詞和動詞

1230. antipathy (a definite dislike)
　　　註解 憎恨－只當名詞

1231. pastoral (rural)
　　　註解 田園的－可當形容詞和名詞

1232. charting (planning; plotting; mapping)
　　　註解 製圖的－只當形容詞，但原型可當名詞和動詞

1233. bar (stop)
　　　註解 阻止，律師－可當名詞，動詞和介詞

1234. fled (ran away from)
　　　註解 逃跑的－只當形容詞，原型為動詞

1235. subtle (indirect; clever; skillful)
　　　註解 聰明的－只當形容詞

1236. obsequious (extremely submissive)
　　　註解 逢迎的－只當形容詞

1237. compel (force)
　　　註解 強迫－只當動詞

1238. grimy (extremely dirty and greasy)
　　　註解 非常髒的－只當形容詞

1239. restrain (control)
   > 註解　控制的－只當動詞

1240. indulgently (patiently; kindly)
   > 註解　寬大地－只當副詞，原型為形容詞

1241. futility (hopelessness)
   > 註解　無效，無望－只當名詞

1242. vengeance (the return of one injury for another)
   > 註解　復仇－只當名詞

1243. hallucination (a product of the imagination)
   > 註解　幻覺－只當名詞

1244. incredulous (doubtful; skeptical)
   > 註解　懷疑的－只當形容詞

1245. indignant (angry)
   > 註解　生氣的－只當形容詞

1246. flustered (upset)
   > 註解　不安的－只當形容詞，但原型可當名詞和動詞

1247. jeopardize (endanger; put into danger)
   > 註解　陷入危險－只當動詞

1248. sophisticated (complex; complicated)
   > 註解　老練的－只當形容詞

1249. hurl (move vigorously)
   > 註解　猛力投擲－可當動詞和名詞

1250. altruistic (unselfishly concerned for another person)
   > 註解　不自私的－只當形容詞

1251. submissive (humble; compliant)
   > 註解　服從的－只當形容詞

1252. spontaneously (naturally; freely)
   > 註解　自然地－只當副詞，原型為形容詞

1253. probe (search)
   > 註解　探求－可當動詞和名詞

1254. abate (decrease in force or intensity)
   > 註解　減少－只當動詞

1255. accelerate (increase in speed)
   > 註解　加速－只當動詞

1256. cue (sign; signal)
　　　註解　暗示－只當名詞

1257. negotiable (bargainable)
　　　註解　可商量的－只當形容詞

1258. disoriented (confused)
　　　註解　不適應的－只當形容詞

1259. malady (disease)
　　　註解　疾病－只當名詞

1260. transience (impermanence; temporariness)
　　　註解　短暫－只當名詞，同 transiency

1261. counterpart (equivalent)
　　　註解　相等物－只當名詞

1262. combat (fight)
　　　註解　打鬥－只當動詞

1263. cut him off from (separate him from)
　　　註解　隔開－動詞片語

1264. upheaval (a sudden, violent change or disturbance)
　　　註解　動亂－只當名詞

1265. irretrievably (completely)
　　　註解　不能恢復地－只當副詞，原型爲形容詞

1266. alumna (a female graduate)
　　　註解　女校友－只當名詞，複數型爲 alumnae

1267. alumnus (a male graduate)
　　　註解　男校友－只當名詞，複數型爲 alumni

1268. analysis (an examination)
　　　註解　分析－只當名詞，複數型爲 analyses

1269. bacterium (a microbe)
　　　註解　細菌－只當名詞，複數型爲 bacteria

1270. basis (a foundation)
　　　註解　基礎－只當名詞，複數型爲 bases

1271. crisis (a decisive moment)
　　　註解　危機－只當名詞，複數型爲 crises

1272. datum (a fact)
　　　註解　資料－只當名詞，複數型爲 data

1273. diagnosis (a critical examination)
　　　 註解　 診斷－只當名詞，複數型爲 diagnoses

1274. hypothesis (a theory)
　　　 註解　 假設－只當名詞，複數型爲 hypotheses

1275. parenthesis (a punctuation mark)
　　　 註解　 括號( )－只當名詞，複數型爲 parentheses

1276. phenomenon (an unusual event)
　　　 註解　 現象－只當名詞，複數型爲 phenomena

1277. stimulus (that which excites)
　　　 註解　 刺激－只當名詞，複數型爲 stimuli

1278. thesis (an essay)
　　　 註解　 論文－只當名詞，複數型爲 theses

1279. criterion (a standard)
　　　 註解　 標準－只當名詞，複數型爲 criterions 或 criteria

1280. stratum (a layer)
　　　 註解　 層數－只當名詞，複數型爲 strata 或 stratums

1281. formula (a rule)
　　　 註解　 公式－只當名詞，複數型爲 formulas 或 formulae

1282. index (an indicator)
　　　 註解　 索引－只當名詞，複數型爲 indexes 或 indices

1283. curriculum (schedule)
　　　 註解　 課程－只當名詞，複數型爲 curriculums 或 curricula

1284. genius (very great ability)
　　　 註解　 天才－只當名詞，複數型爲 geniuses

1285. oasis (a place with tress and water in a desert)
　　　 註解　 綠洲－只當名詞，複數型爲 oases

1286. syllabus (arrangement of subjects for study)
　　　 註解　 摘要－只當名詞，複數型爲 syllabuses

1287. tableau (a representation of a scene)
　　　 註解　 引人場面－只當名詞，複數型爲 tableaux 或 tableaus

1288. able-bodied (having a strong body)
　　　 註解　 強健的－只當形容詞

1289. bad-tempered (having a bad temper)
　　　 註解　 壞脾氣的－只當形容詞

1290. brother-in-law (the brother of one's husband or wife)
　　　註解　先生或太太的兄弟－只當名詞

1291. ex-president (a former president)
　　　註解　前總統－只當名詞

1292. farrago (a confused mixture)
　　　註解　混合物－只當名詞

1293. first-rate (very good)
　　　註解　第一等級－只當形容詞

1294. good-natured (possessing a desire to please)
　　　註解　和善的－只當形容詞

1295. home-coming (a return home)
　　　註解　歸隊，歸國－只當名詞

1296. ill-mannered (impolitely rude)
　　　註解　粗魯的－只當形容詞

1297. long-lived (having a long life)
　　　註解　長壽的－只當形容詞

1298. made-to-order (specially made)
　　　註解　特別訂做－動詞片語

1299. old-fashioned (adhering to old ideas)
　　　註解　舊觀念的－只當形容詞

1300. second-class (inferior; second-rate)
　　　註解　次等的－只當形容詞

1301. self-possessed (composed in manner; calm)
　　　註解　自我節制的－只當形容詞

1302. sight-seeing (engaged in seeing sights)
　　　註解　賞風景的－只當形容詞

1303. so-called (commonly named but doubtful)
　　　註解　所謂的，號稱的－只當形容詞

1304. forty-four (a cardinal numeral)
　　　註解　第四十四的－只當形容詞

1305. up-to-date (new; modern; extending to the present time)
　　　註解　現今的－只當形容詞

1306. well-bred (refined in manners)
　　　註解　好教養的－只當形容詞

1307. write-up (a written description)
　　　註解　記述－只當動詞

1308. profit-sharing (money gain)
　　　註解　獲利－只當名詞

1309. secretary-elect (to choose a secretary)
　　　註解　遴選秘書－只當名詞

1310. self-confidence (belief in one's own power to do things successfully)
　　　註解　自信－只當名詞

1311. trade-union (for labor union)
　　　註解　工會－只當名詞

1312. artisan or artizan (a mechanic)
　　　註解　技工－只當名詞

1313. ax or axe (a tool for chopping)
　　　註解　斧頭－只當名詞

1314. baritone or barytone (a male voice; deep in tone)
　　　註解　男中音－只當名詞

1315. basketball or basket ball (an indoor game)
　　　註解　籃球－只當名詞

1316. comprise or comprize (to include; to embrace)
　　　註解　包含－只當動詞

1317. councilor or councillor (a member of a council)
　　　註解　議員－只當名詞

1318. counselor or counsellor (one who gives advice)
　　　註解　顧問－只當名詞

1319. cozy or cosy (snug; comfortable)
　　　註解　舒服的－可當形容詞和名詞

1320. dike or dyke (a ditch; a bank of earth)
　　　註解　河堤－可當名詞和動詞

1321. drafty or draughty (exposed to a current of air)
　　　註解　通風的－只當形容詞

1322. enclose or inclose (to insert in the same parcel)
　　　註解　附寄－只當動詞

1323. finable or fineable (liable to a fine)
　　　註解　應罰款的－只當形容詞

1324. gelatin or gelatine (animal jelly)
   註解　動植物膠－只當名詞

1325. gruesome or grewsome (inspiring fear; horrid)
   註解　可怕的－只當形容詞

1326. hardwood or hard wood (wood of a broad-leaved tree)
   註解　硬木－可當名詞和形容詞

1327. license or licence (authority to act)
   註解　執照－可當名詞和動詞

1328. luster or lustre (brilliancy; glitter)
   註解　光彩－可當名詞和動詞

1329. movable or moveable (capable of being moved)
   註解　可移動的－可當形容詞和名詞

1330. pretence or pretense (a claim made; false show)
   註解　假裝－只當名詞

1331. sirup or syrup (a thick, sweet liquid)
   註解　糖漿－只當名詞

1332. dryly or drily (having no water)
   註解　乾燥地－只當副詞

1333. employee or employe (a person who is employed)
   註解　員工－只當名詞

1334. gray or grey (of the color like black mixed with white)
   註解　灰色的－可當形容詞，名詞和動詞

1335. moustache or mustache (hair growing on the upper lip)
   註解　上唇鬚－只當名詞

1336. offence or offense (a wrong; crime)
   註解　犯法－只當名詞

1337. partisan or partizan (a strong supporter of a party, group, etc.)
   註解　同夥－可當名詞和形容詞

1338. percent or per cent (in or for each 100; %)
   註解　每百分－只當形容詞

1339. plow or plough (a tool; to break up)
   註解　犁子－可當名詞和動詞

1340. sceptical or skeptical (unwilling to believe a claim or promise)
   註解　懷疑的－只當形容詞

1341. valour or valor (great bravery)
    註解　勇氣－只當名詞

1342. caliber or calibre (diameter of a firearm; quality)
    註解　口徑，才幹－只當名詞

1343. cantaloupe or cantaloup (a variety of muskmelon)
    註解　甜瓜，香瓜－只當名詞

1344. endoskeleton (the internal skeleton of framework of the body of an animal)
    註解　內骨骼－只當名詞

1345. enroll or enrol (to record; to list)
    註解　登記－只當動詞

1346. fiber or fibre (a threadlike substance)
    註解　纖維－只當名詞

1347. gaiety or gayety (state of being gay; merriment)
    註解　歡樂氣象－只當名詞

1348. gauge or gage (to measure; a measure)
    註解　計量器－可當名詞和動詞

1349. kidnaped or kidnapped (carried away by force)
    註解　綁架－只當動詞

1350. kidnaper or kidnapper (one who kidnaps)
    註解　綁架者－只當名詞

1351. likable or likeable (such as attracts liking)
    註解　可愛的－只當形容詞

1352. meager or meagre (destitute of richness; poor)
    註解　貧窮的－只當形容詞

1353. meter or metre (a measure)
    註解　計量器－可當名詞和動詞

1354. odor or odour (a smell, scent, or fragrance)
    註解　氣味－只當名詞

1355. raccoon or racoon (an arboreal mammal)
    註解　浣熊－只當名詞

1356. reveler or reveller (a noisy merrymaker)
    註解　狂歡者－只當動詞

1357. sextet or sextette (six musical performers)

註解　六重唱－只當名詞

1358. specter or spectre (a spirit or ghost)

註解　幽靈－只當名詞

1359. traveler or traveller (one who journeys)

註解　旅行者－只當名詞

1360. veranda or verandah (an exterior gallery or portico)

註解　走廊－只當名詞

1361. woolen or woollen (pertaining to wool)

註解　羊毛的－可當名詞和形容詞

1362. catalogue or catalog (a list of places, names, goods, etc.)

註解　目錄－可當名詞和動詞

1363. center or centre (a middle part or point)

註解　中心點－可當名詞和動詞

1364. favor or favour (a kind act)

註解　愛好－可當名詞和動詞

1365. honor or honour (to show respect to)

註解　尊敬，榮耀－可當名詞和動詞

1366. labour or labor (worker)

註解　勞工－可當名詞和動詞

1367. program or programme (a complete show or performance)

註解　節目－可當名詞和動詞

1368. pyjamas or pajamas (a soft loose-fitting pair of pants and short coat made to be worn in bed)

註解　睡衣褲－只當名詞

1369. rumour or rumor (unofficial news)

註解　流言－可當名詞和動詞

1370. stanch or staunch (to stop the flow of)

註解　止住水或血－可當動詞和形容詞

1371. steed (a high-spirited horse)

註解　駿馬－只當名詞

1372. August (a month named after Augustus Caesar)

註解　八月－只當名詞

1373. Bartlett (a variety of pear distributed throughout the United States by Enoch Bartlett)

註解 一種水梨－只當名詞

1374. benedict (a married man who was long a bachelor)
　　　註解 新婚者－只當名詞

1375. blanket (a bed covering)
　　　註解 毛毯－可當名詞，動詞和形容詞

1376. boycott (to combine against using)
　　　註解 聯合抵制－可當名詞和動詞

1377. cereal (a food-stuff of grain; pertaining to grain)
　　　註解 穀類的－可當名詞和形容詞

1378. diesel (a type of engine)
　　　註解 柴油機－只當名詞

1379. derrick (a hoisting apparatus; the frame-work over an oil well)
　　　註解 起重機－只當名詞

1380. doily (an ornamental piece of linen or lace)
　　　註解 小墊子－只當名詞

1381. forsythia (an ornamental plant)
　　　註解 連翹－植物，只當名詞

1382. herculean (requiring great strength)
　　　註解 需大力氣的－只當形容詞

1383. lilliputian (small; dwarfed)
　　　註解 朱儒，矮小的－可當名詞和形容詞

1384. lynch (to inflict punishment by death without process of law)
　　　註解 私刑處死－可當動詞和名詞

1385. macadam (a road made of broken stone)
　　　註解 碎石路－只當名詞

1386. mercerize (treat cotton fabric so as to give it a silky luster)
　　　註解 紡織－只當動詞

1387. mercury (a metal)
　　　註解 水銀－只當名詞

1388. nicotine (a poisonous substance found in tobacco)
　　　註解 尼古丁－只當名詞

1389. pompadour (a style of hair dressing)
　　　註解 一種髮型－只當名詞

1390. raglan (an overcoat)

註解 一種外套－只當名詞

1391. sandwich (two slices of bread with meat, cheese, etc., between)

註解 三明治－只當名詞

1392. saxophone (a wind instrument)

註解 一種管樂器－只當名詞

1393. stentorian (extremely loud)

註解 非常宏亮的－只當形容詞

1394. valentine (a sentimental greeting sent on St. Valentine's Day.)

註解 情人節－只當名詞

1395. volcano (a mountain formed of material thrown from the interior of the earth)

註解 火山－只當名詞

1396. academy (a secondary school)

註解 私立高中，學會－只當名詞

1397. artesian (a well made by boring)

註解 自流井－只當名詞

1398. bayonet (a danger like weapon made to fit on end of a rifle)

註解 刺刀－可當名詞和動詞

1399. bologna (a kind of sausage)

註解 一種臘腸－只當名詞

1400. buncombe (something said for mere show)

註解 討好的演說－只當名詞

1401. calico (figured cotton cloth)

註解 印花布－可當名詞和形容詞

1402. canaille (riffraff, rabble)

註解 暴民，愚民－只當名詞

1403. cheviot (a fabric made from the wool of a breed of sheep)

註解 一種粗絨布－只當名詞

1404. cambric (a fine white fabric)

註解 一種布－只當名詞

1405. cretonne (a strong cotton cloth)

註解 一種印花棉布－只當名詞

1406. cashmere (material made from soft wool of goats)

註解 一種羊毛製品－只當名詞

1407. cologne (a perfumed liquid)
註解 一種香水－只當名詞

1408. damask (cloth woven with an elaborate pattern)
註解 花緞布－可當名詞和動詞

1409. frankfurter (a kind of sausage)
註解 一種臘腸－只當名詞

1410. hamburg (chopped beef)
註解 漢堡－只當名詞

1411. limousine (an enclosed automobile)
註解 一種大汽車－只當名詞

1412. meander (to wind or turn)
註解 蜿流，漫遊－可當動詞和名詞

1413. milliner (a person who makes and sells women's hats)
註解 賣女性裝飾品的人－只當名詞

1414. muslin (a cotton cloth)
註解 一種棉布－可當名詞和動詞

1415. sardine (a kind of fish)
註解 沙丁魚－只當名詞

1416. shanghai (to kidnap as a sailor)
註解 綁架服勞役－只當動詞

1417. tangerine (a kind of orange)
註解 一種蜜柑－只當名詞

1418. worsted (a yarn; cloth woven from the yarn)
註解 毛絨絲－可當名詞和形容詞

1419. tawdry (showy; gaudy)
註解 華俗的－只當形容詞

1420. absolutely (positive; certainly)
註解 絕對地－只當副詞

1421. address (to speak to; a speech)
註解 演說，住址－可當名詞和動詞

1422. admirable (most excellent)
註解 可欽佩的－只當形容詞

1423. applicable (capable of being applied; suitable)
註解 適合的－只當形容詞

1424. chastise (to punish)

　　註解　處罰－只當動詞

1425. comparable (capable of being compared)

　　註解　能相比的－只當形容詞

1426. decoy (a lure; a snare; to lure)

　　註解　誘餌－可當名詞和動詞

1427. defect (deficiency; lack; imperfection)

　　註解　缺點－只當名詞

1428. deficit (a shortage)

　　註解　短缺－只當名詞

1429. discourse (conversation; to speak)

　　註解　談論－可當名詞和動詞

1430. explicable (that may be explained)

　　註解　可說明的－只當形容詞

1431. expurgate (to amend by removing offensive or objectionable matter)

　　註解　修訂，刪除－只當動詞

1432. formidable (exciting fear; threatening)

　　註解　極度害怕的－只當形容詞

1433. grimace (a wry face)

　　註解　鬼臉－可當名詞和動詞

1434. hospitable (entertaining generously)

　　註解　善待客人的－只當形容詞

1435. infamous (of very bad report)

　　註解　無恥的－只當形容詞

1436. lyceum (a place for lectures)

　　註解　講堂－只當名詞

1437. magazine (a warehouse; a periodical)

　　註解　雜誌，火藥庫－只當名詞

1438. positively (definitely; surely)

　　註解　肯定地－只當副詞，但原型可當形容詞和名詞

1439. preferable (more desirable)

　　註解　較可取的－只當形容詞

1440. reparable (capable of being repaired)

　　註解　能補救的－只當形容詞

1441. research (a diligent investigation)
> 註解　探究－可當名詞和動詞

1442. superfluous (in excess; surplus)
> 註解　多餘的－只當形容詞

1443. translate (to change into another language)
> 註解　翻譯－只當動詞

1444. athlete (a contender in physical games)
> 註解　運動員－只當名詞

1445. behavior (act of behaving; conduct)
> 註解　行為－只當名詞

1446. bracelet (band worn about the arm)
> 註解　手鐲－只當名詞

1447. broadcast (scattered; spread widely)
> 註解　廣播－可當動詞，名詞，形容詞和副詞

1448. burst (explored; broke open)
> 註解　爆炸－可當動詞和名詞

1449. conduit (a pipe; a canal)
> 註解　水管－只當名詞

1450. crummy (shabby, seedy)
> 註解　卑鄙的－只當形容詞

1451. dreary (sad; gloomy)
> 註解　淒涼的－只當形容詞

1452. elm (a tree)
> 註解　榆樹－只當名詞

1453. facial (pertaining to the face)
> 註解　臉部的－只當形容詞

1454. foundry (a building for casting)
> 註解　鑄造工廠－只當名詞

1455. grievous (distressing; severe)
> 註解　痛苦的－只當形容詞

1456. heart-rending (causing grief)
> 註解　傷心的－只當形容詞

1457. hindmost (furthest behind; nearest the rear; last)
> 註解　最後方的－只當形容詞，同 hindmost

1458. laundry (a washing; place for washing)
　　　　註解　洗衣店－只當名詞

1459. lightning (discharge of electricity from clouds)
　　　　註解　閃電－只當名詞

1460. monstrous (horrible)
　　　　註解　恐佈的－可當形容詞和副詞

1461. racial (pertaining to a race)
　　　　註解　種族的－只當形容詞

1462. remembrance (recollection; a reminder)
　　　　註解　記憶－只當名詞

1463. rigmarole (foolish statements; rambling talk)
　　　　註解　胡說八道－只當名詞

1464. toward (in the direction of)
　　　　註解　向，爲了－可當介詞和形容詞

1465. umbrella (a guard against rain)
　　　　註解　雨傘－只當名詞

1466. abominable (detestable; loathsome)
　　　　註解　可惡的－只當形容詞

1467. actually (in fact; really)
　　　　註解　實際上地－只當副詞

1468. arctic (relating to the north pole)
　　　　註解　北極的－可當形容詞和名詞

1469. backbreaking (demanding great effort, endurance, etc.; exhausting)
　　　　註解　辛勞的－只當形容詞

1470. bakery (a place for baking)
　　　　註解　麵包店－只當名詞

1471. bounty (munificence, liberality, charity)
　　　　註解　慷慨－只當名詞

1472. collegiate (pertaining to a college)
　　　　註解　大學的－只當形容詞

1473. definitely (distinctly; certainly)
　　　　註解　確定地－只當副詞，原型爲形容詞

1474. delivery (act of delivering)
　　　　註解　運送－只當名詞

1475. deteriorate (to grow worse)
　　　註解　變壞－只當動詞

1476. elementary (pertaining to first principles)
　　　註解　基本的－只當形容詞

1477. ivory (material of tusks)
　　　註解　象牙－可當名詞和形容詞

1478. literature (literary productions)
　　　註解　文學－只當名詞

1479. minimize (to reduce to the smallest, possible amount or degree)
　　　註解　減至最少量或程度－只當動詞

1480. poinsettia (a plant)
　　　註解　猩猩木，耶誕紅－只當名詞

1481. temple (the flattened region on either side of the forehead in man)
　　　註解　太陽穴－只當名詞

1482. variegated (having different colors)
　　　註解　雜色的－只當形容詞

1483. military (pertaining to soldiers)
　　　註解　軍事的－可當形容詞和名詞

1484. secretary (one who attends to letters)
　　　註解　秘書－只當名詞

1485. territory (an extent of land)
　　　註解　領土－只當名詞

1486. alms (a gift to the poor)
　　　註解　救濟－只當名詞

1487. almond (a tree and its nut)
　　　註解　杏仁－只當名詞

1488. asthma (a disease)
　　　註解　哮喘－只當名詞

1489. buffet (a sideboard; a cupboard)
　　　註解　小櫥具，小餐館－可當名詞和動詞

1490. chasten (to discipline; to punish)
　　　註解　折磨，訓練－只當動詞

1491. chestnut (a tree; a nut)
　　　註解　栗子－可當名詞和形容詞

1492. christen (to baptize; to name)
> **註解** 施洗－只當動詞

1493. cupboard (closet for dishes)
> **註解** 食櫥－只當名詞

1494. epistle (a letter)
> **註解** 書信－只當名詞

1495. forehead (the face above the eyes)
> **註解** 前額－只當名詞

1496. glisten (to sparkle or shine)
> **註解** 閃光－可當動詞和名詞

1497. hasten (to urge forward; to hurry)
> **註解** 催促－只當動詞

1498. herb (a plant used for flavor)
> **註解** 草藥－只當名詞

1499. indict (to charge with an offense)
> **註解** 控訴－只當動詞

1500. kiln (a furnace for burning or drying)
> **註解** 窯爐－只當名詞

1501. moisten (to make moist)
> **註解** 弄溼－只當動詞

1502. often (frequently)
> **註解** 時時地－只當副詞

1503. parliament (a legislative body)
> **註解** 國會－只當名詞

1504. raspberry (a berry and its plant)
> **註解** 一種莓－只當名詞

1505. salmon (a large fish)
> **註解** 鮭魚－可當名詞和形容詞

1506. solder (a metal used to join other metals)
> **註解** 焊接料－可當名詞和動詞

1507. subtitle (a secondary or subordinate title of a literary work)
> **註解** 副標題－只當名詞

1508. vehicle (a conveyance)
> **註解** 車輛－只當名詞

1509. yolk (the yellow part of an egg)
    註解 蛋黃－只當名詞

1510. apparatus (a complex instrument)
    註解 儀器－只當名詞

1511. apricot (a fruit)
    註解 杏仁－只當名詞

1512. bouquet (a bunch of flowers)
    註解 花束－只當名詞

1513. coupon (a section of a ticket)
    註解 優待券－只當名詞

1514. creek (a small stream of water)
    註解 小河流－只當名詞

1515. darksome (dark; darkish)
    註解 陰暗的－只當形容詞

1516. deaf (unable to hear)
    註解 耳聾的－只當形容詞

1517. desperado (a reckless criminal)
    註解 暴徒－只當名詞

1518. discretion (prudence)
    註解 謹慎－只當名詞

1519. genuine (not counterfeit; real)
    註解 眞正的－只當形容詞

1520. granary (a storehouse for grain)
    註解 穀倉－只當名詞

1521. gratis (for nothing; free)
    註解 免費的－可當形容詞和副詞

1522. inquiry (a question; an investigation)
    註解 詢問－只當名詞，同 enquiry

1523. pathos (that quality which excites pity or sympathy)
    註解 引人傷感之力－只當名詞

1524. penalize (to put a penalty on)
    註解 宣布有罪－只當動詞

1525. reptile (an animal that crawls)
    註解 爬蟲動物－可當名詞和形容詞

1526. status (state; condition)
　　　註解　身份－只當名詞

1527. suburb (outlying part of a city)
　　　註解　郊區－只當名詞

1528. supple (soft; flexible; yielding)
　　　註解　柔軟的－可當形容詞和動詞

1529. tepid (lukewarm)
　　　註解　微溫的－只當形容詞

1530. textile (a woven fabric)
　　　註解　紡織的－可當形容詞和名詞

1531. verbatim (word for word)
　　　註解　逐字的－可當形容詞和副詞

1532. agenda (list of things to be done)
　　　註解　應辦之事－只當名詞

1533. archipelago (a group of islands)
　　　註解　列島－只當名詞

1534. archives (public records)
　　　註解　紀錄－只當名詞

1535. brokenhearted (burdened with great sorrow)
　　　註解　傷心的－只當形容詞

1536. chandelier (a light fixture)
　　　註解　小吊燈架－只當名詞

1537. diphtheria (a disease of the throat)
　　　註解　白喉－只當名詞

1538. errand (a trip for another)
　　　註解　出差－只當名詞

1539. gist (the main point)
　　　註解　要領－只當名詞

1540. kindergarten (a school for children)
　　　註解　幼稚園－只當名詞

1541. naphtha (an inflammable liquid)
　　　註解　石油精－只當名詞

1542. aqueduct (a conduit for water)
　　　註解　溝渠－只當名詞

1543. cataract (a waterfall)
    註解　瀑布－只當名詞

1544. climactic (pertaining to a climax)
    註解　頂點的－只當形容詞，同 climactical

1545. quandary (predicament)
    註解　困境－只當名詞

1546. recoil (withdraw; quail; flinch; rebound)
    註解　退卻－可當動詞和名詞

1547. surprise (to startle; state of being surprised)
    註解　驚奇－可當動詞，名詞和形容詞

1548. viaduct (a bridge)
    註解　陸橋－只當名詞

1549. across (on the opposite side)
    註解　越過－可當介詞和副詞

1550. column (a pillar)
    註解　柱子－只當名詞

1551. idea (a concept; a thought)
    註解　想法－只當名詞

1552. orphan (a parentless child)
    註解　孤兒－可當名詞，形容詞和動詞

1553. asparagus (a vegetable)
    註解　蘆筍－只當名詞

1554. auxiliary (assistant)
    註解　協助的－可當名詞和形容詞

1555. boudoir (a small private room)
    註解　閨房－只當名詞

1556. cello (a musical instrument)
    註解　大提琴－只當名詞，同 violoncello

1557. chiropodist (one who treats diseases of the feet)
    註解　手腳科醫師－只當名詞

1558. connoisseur (a critical judge of art)
    註解　鑑定家－只當名詞

1559. corsage (a bouquet worn on a woman's dress)
    註解　女子緊身上衣－只當名詞

1560. decade (a period of ten years)
　　　註解　　十年－只當名詞

1561. drought (want of rain)
　　　註解　　乾旱－只當名詞，同 drouth

1562. facet (one of the small, polished plane)
　　　註解　　小平面－可當名詞和動詞

1563. licorice (a dried root and its extract)
　　　註解　　甘草－只當名詞

1564. massacre (killing of people)
　　　註解　　大屠殺－可當名詞和動詞

1565. massage (a rubbing or kneading of muscles)
　　　註解　　按摩－可當名詞和動詞

1566. maintenance (act of maintaining; support)
　　　註解　　維持－只當名詞

1567. oblique (slanting; inclined)
　　　註解　　傾斜的－可當形容詞和動詞

1568. prestige (weight; influence)
　　　註解　　威望－只當名詞

1569. pumpkin (a large gourdlike fruit)
　　　註解　　南瓜－只當名詞

1570. rendezvous (a place of meeting)
　　　註解　　集會地－可當名詞和動詞

1571. rinse (a wash lightly)
　　　註解　　清洗－可當動詞和名詞

1572. suede (a kind of leather)
　　　註解　　牛皮－可當名詞和形容詞

1573. tacit (unspoken; implied)
　　　註解　　沉默的－只當形容詞

1574. zoology (the science of animals)
　　　註解　　動物學－只當名詞

1575. absent (not present; to withdraw oneself)
　　　註解　　缺席－可當動詞和形容詞

1576. accent (a mark of emphasis; to emphasize)
　　　註解　　重音－可當名詞和動詞

1577. compound (a mixture; to mix; not simple)
　　　註解　混合的－可當形容詞，名詞和動詞

1578. concert (a musical entertainment; to plan together)
　　　註解　音樂會－可當名詞，形容詞和動詞

1579. conduct (behavior; to guide)
　　　註解　行爲－可當名詞和動詞

1580. confine (an enclosure; to restrict)
　　　註解　限制－可當動詞和名詞

1581. conflict (a struggle; to oppose)
　　　註解　爭執－可當動詞和名詞

1582. contract (an agreement; to agree; to reduce)
　　　註解　契約－可當名詞和動詞

1583. escort (a guard; to accompany)
　　　註解　護送隊－可當名詞和動詞

1584. expound (to set forth or state in detail)
　　　註解　說明－只當動詞

1585. extract (an essence; to draw out)
　　　註解　摘取－可當名詞和動詞

1586. import (something brought in; to bring in)
　　　註解　進口－可當名詞和動詞

1587. increase (an addition; to enlarge)
　　　註解　增加－可當動詞和名詞

1588. object (a tangible thing; to oppose)
　　　註解　物品－可當名詞和動詞

1589. permit (permission; to allow)
　　　註解　允許－可當動詞和名詞

1590. progress (forward movement; to advance)
　　　註解　進展－可當名詞和動詞

1591. rebel (rebellious; on in rebellion; to revolt)
　　　註解　謀反－可當名詞，形容詞和動詞

1592. recruit (a new member of a group)
　　　註解　新會員－可當名詞和動詞

1593. subject (liable; prone; one under authority)
　　　註解　服從的－可當形容詞和名詞

TOEFL

1594. transfer (to expose to; a removal; to change from)
   註解　移轉－可當動詞和名詞

1595. collect (a prayer; to gather)
   註解　收集－可當動詞，形容詞和名詞

1596. console (an architectural ornament; to comfort)
   註解　安慰－可當動詞和名詞

1597. content (that which is contained; satisfied)
   註解　滿足－可當動詞，形容詞和名詞

1598. contest (a struggle; to struggle)
   註解　競爭－可當動詞和名詞

1599. convict (one under prison sentence; to find guilty)
   註解　罪犯－可當名詞和動詞

1600. convoy (an escort; to escort)
   註解　護航－可當動詞和名詞

1601. desert (a solitary place; to leave; to abandon)
   註解　沙漠，放棄－可當名詞，形容詞和動詞

1602. ferment (tumult; fermentation; to undergo fermentation)
   註解　發酵－可當名詞和動詞

1603. forehand (foremost or leading)
   註解　居前的－可當形容詞和名詞

1604. imprint (something printed; to impress or print)
   註解　痕跡－可當名詞和動詞

1605. incline (an inclined plane; to lean or bend)
   註解　傾向－可當動詞和名詞

1606. insert (a thing placed between; to place between)
   註解　插入－可當動詞和名詞

1607. insult (an affront; to affront)
   註解　侮辱－可當動詞和名詞

1608. perfume (a pleasant odor; to fill with a sweet odor)
   註解　香水－可當名詞和動詞

1609. present (a gift; to offer as a gift)
   註解　呈送－可當動詞和名詞

1610. produce (products; to make)
   註解　生產－可當動詞和名詞

1611.　project (a plan; to extend)
　　　註解　計劃－可當名詞和動詞

1612.　protest (a declaration against; to declare against)
　　　註解　抗議－可當名詞和動詞

1613.　refurbish (refurnish; redecorate)
　　　註解　刷新－只當動詞

1614.　reprint (a second or later printing; to print again)
　　　註解　再印－可當動詞和名詞

1615.　circumscribe (circle; restrict ; restrain)
　　　註解　限制－只當動詞

1616.　proceeds (the results from a transaction)
　　　註解　貨價所得－只當名詞，原型爲動詞

1617.　ascent (the act of rising; a high place)
　　　註解　上昇－只當名詞

1618.　assent (to agree; consent)
　　　註解　同意－可當動詞和名詞

1619.　base (foundation; mean)
　　　註解　基礎－可當名詞，動詞和形容詞

1620.　bass (a deep tone; of low pitch)
　　　註解　低音，棒球壘－可當名詞和形容詞

1621.　berth (a place in which to sleep)
　　　註解　舖位－可當名詞和動詞

1622.　birth (act of coming into life)
　　　註解　出生－只當名詞

1623.　cannon (a piece of artillery)
　　　註解　加農砲－只當名詞

1624.　canon (a rule or law)
　　　註解　法規－只當名詞

1625.　canvas (a strong cloth used for tents)
　　　註解　帆布－可當名詞和形容詞

1626.　canvass (to solicit; act of soliciting)
　　　註解　討論，遊說－可當名詞和動詞

1627.　coarse (common; unrefined)
　　　註解　粗俗的－只當形容詞

1628. course (a passage; a sequence of subjects)

  > 註解　課程－可當名詞和動詞

1629. forth (forward)

  > 註解　向前－只當副詞

1630. fourth (next after third)

  > 註解　第四－可當名詞和形容詞

1631. mantel (a shelf above a fireplace)

  > 註解　壁爐上之架子－同 mantelpiece

1632. mantle (a loose garment; to overspread)

  > 註解　無袖外套－可當名詞和動詞

1633. miner (one who mines)

  > 註解　礦工－只當名詞

1634. minor (less; a person under legal age)

  > 註解　未成年－可當名詞，動詞和形容詞

1635. plain (simple; level land)

  > 註解　平原－可當形容詞和名詞

1636. plane (flat; a flat surface; a tool)

  > 註解　平面的－可當形容詞，名詞和動詞

1637. raise (to elevate)

  > 註解　舉起－可當動詞和名詞

1638. raze (to lay level with the ground)

  > 註解　夷為平地－只當動詞

1639. bolder (more courageous)

  > 註解　較勇敢的－只當形容詞，為 bold 的比較級

1640. boulder (a large, detached rock)

  > 註解　大石頭－只當名詞，同 bowlder

1641. brake (a device for stopping; to retard)

  > 註解　煞車－可當名詞和動詞

1642. break (to separate into parts)

  > 註解　打破－可當動詞和名詞

1643. cormorant (a greedy or rapacious person)

  > 註解　貪心的人－可當名詞和形容詞

1644. corps (a body of persons)

  > 註解　團體，部隊－只當名詞

1645. creak (to make grating sounds; a sound)
　　　註解　吱吱聲－可當名詞和動詞

1646. creep (crawl)
　　　註解　爬行－可當動詞和名詞

1647. gilt (goldlike material)
　　　註解　鍍金－可當名詞和形容詞

1648. guilt (state of having violated a law)
　　　註解　罪行－只當名詞

1649. knead (to work into a mass)
　　　註解　揉捏－只當動詞

1650. need (want; to require)
　　　註解　需要－可當名詞，動詞和助動詞

1651. marshal (an officer; to direct)
　　　註解　警官，排列－可當名詞和動詞

1652. martial (pertaining to war)
　　　註解　軍事的－只當形容詞

1653. mean (to intend; inferior; average)
　　　註解　打算－可當動詞，名詞和形容詞

1654. mien (carriage; bearing)
　　　註解　儀態－只當名詞

1655. plum (a fruit)
　　　註解　李子－可當名詞和形容詞

1656. plumb (a weight attached to a line to indicate a vertical direction; vertical)
　　　註解　鉛錘－可當名詞和動詞

1657. right (correct; opposite of left)
　　　註解　對的，右邊－可當形容詞，副詞和動詞

1658. rite (a ceremony)
　　　註解　儀式－只當名詞

1659. wright (a workman)
　　　註解　工作者－只當名詞

1660. write (to express in writing)
　　　註解　書寫－只當動詞

1661. serge (a twilled woolen fabric)

> **註解**　一種斜紋布料－只當名詞

1662. surge (a large wave; to rise and fall)
> **註解**　巨浪－可當名詞和動詞

1663. aisle (a passage in a church or an auditorium)
> **註解**　側廊，通道－只當名詞

1664. isle (a small island)
> **註解**　小島－只當名詞

1665. bail (to set free on security; security)
> **註解**　保釋－可當名詞和動詞

1666. bale (a large bundle; to make into a bundle)
> **註解**　綑綁－可當動詞和名詞

1667. board (a piece of timber sawed rather thin)
> **註解**　木板－可當名詞和動詞

1668. bored (penetrated; wearied)
> **註解**　鑽孔的－只當形容詞，但原型可當動詞和名詞

1669. cede (to yield; to give up)
> **註解**　讓步－只當動詞

1670. seed (that from which plants spring)
> **註解**　種子－可當名詞和動詞

1671. ceiling (the covering of a room)
> **註解**　天花板－只當名詞

1672. sealing (marking or closing with a seal)
> **註解**　蓋印的，封閉的－只當形容詞，但原型可當名詞和動詞

1673. cession (a yielding or surrender)
> **註解**　放棄－只當名詞

1674. session (the sitting of a court or a legislature)
> **註解**　開會，開庭－只當名詞

1675. guessed (surmised; suspected)
> **註解**　猜測的－只當形容詞，但原型可當動詞和名詞

1676. guest (a visitor)
> **註解**　客人－只當名詞

1677. indict (to charge with an offense)
> **註解**　控告－只當動詞

1678. indite (to compose; to write)

註解　寫作－只當動詞

1679. lessor (one who grants a lease)

　　　註解　出租人－只當名詞

1680. lesson (an exercise assigned to students)

　　　註解　功課－可當動詞和名詞

1681. staid (grave; sedate)

　　　註解　穩定的－只當形容詞

1682. stayed (remained; delayed; supported)

　　　註解　停留的－只當形容詞，但原型可當動詞和名詞

1683. stair (any step of a series)

　　　註解　階梯－只當名詞

1684. stare (to gaze fixedly)

　　　註解　注視－可當動詞和名詞

1685. stake (a pointed piece of wood or iron)

　　　註解　木樁－可當名詞和動詞

1686. steak (a slice of meat)

　　　註解　魚或肉片－只當名詞

1687. accept (to receive what is offered)

　　　註解　接受－只當動詞

1688. except (with the exclusion of)

　　　註解　除外－可當介詞和動詞

1689. access (means of approach; admission)

　　　註解　接近－只當名詞

1690. excess (that which exceeds)

　　　註解　超過－可當名詞和形容詞

1691. adverse (acting against; opposed)

　　　註解　反對的－只當形容詞

1692. averse (having an aversion; reluctant)

　　　註解　不願意的－只當形容詞

1693. affect (to influence)

　　　註解　影響－只當動詞

1694. effectuate (to bring about; effect)

　　　註解　使有效－只當動詞

1695. extant (in existence; not destroyed)

| 註解 | 現存的－只當形容詞 |

1696. extent (the size; the length)

| 註解 | 範圍－只當名詞 |

1697. formally (in order; regularly)

| 註解 | 正式地－只當副詞，但原型為形容詞 |

1698. formidable (dreadful; appalling; fearful)

| 註解 | 可害怕的－只當形容詞 |

1699. human (belonging or relating to man)

| 註解 | 人類的－只當形容詞 |

1700. humane (benevolent)

| 註解 | 人道的－只當形容詞 |

1701. loose (not fastened)

| 註解 | 寬鬆的－可當形容詞，動詞和副詞 |

1702. lose (to suffer a loss)

| 註解 | 失落－只當動詞 |

1703. personal (pertaining to a person; private)

| 註解 | 個人的－可當形容詞和名詞 |

1704. personnel (a body of persons)

| 註解 | 人員－只當名詞 |

1705. practicable (capable of being done)

| 註解 | 可實行的－只當形容詞 |

1706. practical (opposed to theoretical; useful)

| 註解 | 有用的－只當形容詞 |

1707. propose (to offer; to state)

| 註解 | 提議－只當動詞 |

1708. purpose (to intend; an intention)

| 註解 | 目的－可當名詞和動詞 |

1709. advice (recommendation)

| 註解 | 忠告－只當名詞 |

1710. advise (to give advise to)

| 註解 | 勸告－只當動詞 |

1711. commensal (eating together at the same table)

| 註解 | 共同用餐的－可當形容詞和名詞 |

1712. comments (remarks; criticisms)

註解　批評－可當名詞和動詞

1713. co-operation（collective action）
註解　合作－只當名詞

1714. corporation（a body of persons）
註解　公司，團體－只當名詞

1715. decease（death; to die）
註解　死亡－可當名詞和動詞

1716. disease（illness）
註解　疾病－只當名詞

1717. deference（courteous yielding）
註解　服從－只當名詞

1718. difference（state of being unlike）
註解　不同－只當名詞

1719. elusion（act of eluding; evasion）
註解　規避－只當名詞

1720. illusion（an unreal image）
註解　幻想－只當名詞

1721. embroidery（the art of working raised and ornamental designs in threads）
註解　刺繡－只當名詞

1722. immemorial（extending back beyond memory record, or knowledge）
註解　太古的－只當形容詞

1723. incite（to arouse; to provoke）
註解　引起－只當動詞

1724. insight（mental vision）
註解　觀察力－只當名詞

1725. perorate（make a speech）
註解　演說－只當動詞

1726. prosecute（to carry on; to sue）
註解　告發－只當動詞

1727. prophecy（a foretelling）
註解　預言－只當名詞

1728. prophesy（to foretell）
註解　預告－只當動詞

1729. among（mixed with more than two things）

　　　註解　在任何三人(或物)以上之中－只當介詞

1730. between (in the space that separates two things)
　　　註解　在任何二人(或物) 之間－可當介詞和副詞

1731. character (one's real nature)
　　　註解　性質，個性－只當名詞

1732. reputation (one's supposed nature)
　　　註解　名聲－只當名詞

1733. compare (to examine for resemblances)
　　　註解　比較－可當名詞和動詞

1734. contrast (to examine for differences)
　　　註解　對比－只當動詞

1735. custom (an action characteristic of most people)
　　　註解　習慣－可當名詞和形容詞

1736. habit (a settled action of one person)
　　　註解　習性－可當名詞和動詞

1737. discover (to obtain knowledge of for the first time)
　　　註解　發現－只當動詞

1738. invent (to make for the first time; to devise)
　　　註解　發明－只當動詞

1739. educated (trained through systematic instruction)
　　　註解　有教養的－只當形容詞

1740. intelligent (having a great capacity to learn)
　　　註解　聰明的－只當形容詞

1741. evince (to show clearly; display)
　　　註解　表明－只當動詞

1742. testimony (the declaration of a person to prove a fact)
　　　註解　證言－只當名詞

1743. famous (celebrated or renowned in a good sense)
　　　註解　著名的－只當形容詞，指好事

1744. notorious (generally known in a bad sense)
　　　註解　眾人皆知的－只當形容詞，指壞事

1745. hardly (with difficulty; by hard work)
　　　註解　幾乎不－只當副詞

1746. scarcely (lacking in quantity; with scant margin)

> **註解**　一定不－只當副詞

1747. respectfully (full of respect)
> **註解**　表示尊敬地－只當副詞，原型爲形容詞

1748. respectively (in regular order)
> **註解**　個別地－只當副詞

1749. aggravate (to make worse; to intensify)
> **註解**　加重－只當動詞

1750. ex cathedra (with authority)
> **註解**　有權威－爲拉丁語

1751. aware (used when speaking of something outside the mind)
> **註解**　知道的－只當形容詞

1752. conciliator (a person who conciliates)
> **註解**　和解者－只當名詞

1753. continual (occurring in rapid succession)
> **註解**　連續的－只當形容詞

1754. contraband (illegal or prohibited trade; smuggling)
> **註解**　非法交易－可當名詞和形容詞

1755. envious (desiring what is another's)
> **註解**　嫉妒的－只當形容詞

1756. jejune (deficient; dull; insipid)
> **註解**　空洞的，無味的－只當形容詞

1757. fewer (refers to number)
> **註解**　較少的－只當形容詞，few 的比較級，指量

1758. less (refers to amount)
> **註解**　較少的－可當形容詞，副詞，名詞和介詞，指數

1759. ignoble (degraded; dishonorable)
> **註解**　下流的－只當形容詞

1760. illiterate (unable to read or write)
> **註解**　文盲的－可當形容詞和名詞

1761. majority (more than half)
> **註解**　大多數－只當名詞

1762. plurality (an excess of votes over those for any other candidate)
> **註解**　較多數－只當名詞

1763. oral (uttered by the mouth; spoken)

註解　口頭的－只當形容詞

1764. verbal (expressed in words)
註解　文字的－可當形容詞和名詞

1765. receipt (a written acknowledgement)
註解　收據－可當名詞和動詞

1766. recipe (a formula or prescription)
註解　食譜－只當名詞

1767. compensate (to pay for loss or injury)
註解　賠償－只當動詞

1768. remunerate (to pay for services)
註解　報酬－只當動詞

1769. credible (worthy of belief things)
註解　可信的－只當形容詞

1770. credulous (believing readily people)
註解　輕信的－只當形容詞

1771. exceptionable (objectionable)
註解　例外的－只當形容詞

1772. exceptional (unusual)
註解　特別的－只當形容詞

1773. feasible (capable of being done)
註解　可實現的－只當形容詞

1774. plausible (apparently true)
註解　似乎可信的－只當形容詞

1775. healthful (promoting health things)
註解　有益健康的－只當形容詞

1776. healthy (having good health people)
註解　健康的－只當形容詞

1777. luxuriant (showing profuse growth)
註解　繁茂的－只當形容詞

1778. luxurious (pertaining to luxury)
註解　奢侈的－只當形容詞

1779. praenomen (the first or personal name of a Roman citizen)
註解　古羅馬人的第一個名字－只當名詞，複數為 praenomina

1780. pragmatic (busy; active; dogmatic)

註解 忙碌的，好事的－只當形容詞

1781. prescribe (to give as rule)

註解 指定－只當動詞

1782. proscribe (to outlaw; to condemn)

註解 禁止，排斥－只當動詞

1783. sample (a part of anything)

註解 樣品－可當名詞，形容詞和動詞

1784. specimen (one of a number)

註解 樣本－可當名詞和形容詞

1785. stature (height; growth)

註解 身長－只當名詞

1786. statute (a law)

註解 法規－只當名詞

1787. bunch (assembly; bundle)

註解 束，串－可當名詞和動詞

1788. cutthroat (assassin; murder)

註解 兇手－可當名詞和形容詞

1789. funnel (to concentrate; channel; focus)

註解 集中－可當動詞和名詞

1790. pretty (artistic; dainty; plaintive; sparkling; becoming; graceful; silvery; stirring)

註解 漂亮的－可當形容詞和副詞

1791. grand (elaborate; inimitable; ornate; tasty; gallant; mild; rare; winning)

註解 壯觀的－可當形容詞和名詞

1792. awful (discordant; nauseating; serious; ugly; monotonous; odious; terrible; unsavory)

註解 可怕的－可當形容詞和副詞

1793. dumb (bungling; nonsensical; silly; tiresome; inconvenient; quiet; stupid; unprofitable)

註解 沉默的－只當形容詞

1794. expert (accomplished; dexterous; proficient; shrewd; apt; facile; ready-witted; stealthy)

註解 老練的－可當形容詞和名詞

1795. nice (attractive; considerate; delightful; fastidious; comfortable; delicate;

exciting; luscious)
> **註解** 美好的－只當形容詞

1796. nomad (any wanderer)
> **註解** 流浪的人－可當名詞和形容詞

1797. abluent (serving to cleanse)
> **註解** 洗淨的－可當形容詞和名詞

1798. blouse (a loose waist)
> **註解** 寬鬆衣服－只當名詞

1799. buckle (device for uniting two ends)
> **註解** 釦子－可當名詞和動詞

1800. corduroy (a cotton fabric)
> **註解** 厚棉布－可當名詞，形容詞和動詞

1801. costume (special kind of dress)
> **註解** 服裝－可當名詞和動詞

1802. dungarees (trousers of coarse cloth)
> **註解** 粗布服－只當名詞

1803. fabric (cloth made from fibers)
> **註解** 織布－只當名詞

1804. galoshes (high overshoes)
> **註解** 木屐－只當名詞，同 goloshe，golosh

1805. garment (an article of clothing)
> **註解** 衣服－可當名詞和動詞

1806. gingham (cotton cloth of dyed yarn)
> **註解** 條紋棉布－可當名詞和形容詞

1807. haberdashery (men's furnishings)
> **註解** 男子服飾－只當名詞

1808. hosiery (stockings)
> **註解** 褲襪－只當名詞

1809. linen (a fabric made of flax fibers)
> **註解** 亞麻布－可當名詞和形容詞

1810. lingerie (undergarments for women)
> **註解** 女性內衣－只當名詞

1811. millinery (hats for women)
> **註解** 女帽－只當名詞

1812. model (a style or design)
　　　註解　模範，造型－可當名詞，動詞和形容詞

1813. negligee (woman's dressing gown)
　　　註解　女用便服－可當名詞和形容詞

1814. overalls (trousers worn over others)
　　　註解　工作褲－可當名詞和形容詞

1815. pajamas (loose jacket and trousers)
　　　註解　睡衣－只當名詞，同 pyjamas

1816. remnant (left over; cloth left over)
　　　註解　殘餘物－只當名詞

1817. reversible (finished on both sides)
　　　註解　正反兩面的－可當形容詞和名詞

1818. trousers (an outer garment for men)
　　　註解　褲子－只當名詞，同 pants

1819. worsted (woolen cloth)
　　　註解　毛紗－可當名詞和形容詞

1820. appearance (one's outward look)
　　　註解　外表－只當名詞

1821. decollete (with shoulders uncovered)
　　　註解　露肩的－只當形容詞，為法國字

1822. ensemble (several garments taken together)
　　　註解　全套服裝－只當名詞

1823. flannel (a soft woolen cloth)
　　　註解　法蘭絨－只當名詞

1824. girdle (a belt or sash)
　　　註解　腰帶－可當名詞和動詞

1825. handkerchief (cloth for wiping nose)
　　　註解　手帕－只當名詞

1826. hemstitch (to ornament a hem)
　　　註解　垂縫結－可當名詞和動詞

1827. knickerbockers (short breeches)
　　　註解　男女穿的短褲－只當名詞，同 knickers

1828. moccasin (a soft leather heelless shoes)
　　　註解　鹿皮鞋－只當名詞

1829. pattern (a design; a length of cloth)
> 註解　樣式－可當名詞和動詞

1830. suspenders (supports for trousers)
> 註解　吊褲帶－只當名詞

1831. texture (disposition of threads)
> 註解　結構－只當名詞

1832. adjacent (next to; neighboring)
> 註解　緊鄰的－只當形容詞

1833. alcove (a recessed portion of a room)
> 註解　凹室－只當名詞

1834. apartment (a suite of rooms)
> 註解　公寓－只當名詞

1835. arcade (a covered way)
> 註解　拱廊－只當名詞

1836. architectural (pertaining to architecture)
> 註解　建築學的－只當形容詞

1837. balcony (a projecting platform)
> 註解　陽台－只當名詞

1838. bungalow (a house of a single story)
> 註解　平房－只當名詞

1839. chimney (an upright flue for smoke)
> 註解　煙囪－只當名詞

1840. clapboard (narrow boarding used as outside covering)
> 註解　護牆板－可當名詞和動詞

1841. colonnade (a series of columns)
> 註解　一列柱子－只當名詞

1842. conservatory (a greenhouse)
> 註解　植物溫室－只當名詞

1843. construct (to build)
> 註解　建築－只當動詞

1844. dormitory (room or building with sleeping accommodations)
> 註解　宿舍－只當名詞

1845. grille (a lattice or grating)
> 註解　鐵柵－只當名詞

1846. hearth (the floor of a fireplace)
　　　註解　爐牀－只當名詞

1847. lavatory (a place for washing)
　　　註解　廁所－只當名詞

1848. portico (a covered porch)
　　　註解　門廊－只當名詞

1849. premises (a piece of land or a building)
　　　註解　房屋連地基－只當名詞

1850. remodel (to reconstruct)
　　　註解　整修－只當動詞

1851. shingles (thin pieces of wood)
　　　註解　屋頂薄板－只當名詞

1852. structural (pertaining to building)
　　　註解　建築用的－只當形容詞

1853. stucco (a plaster for coating walls)
　　　註解　灰泥－可當名詞和動詞

1854. vestibule (the entrance to a house)
　　　註解　玄關，走廊－只當名詞

1855. basement (floor below the main floor)
　　　註解　地下室－只當名詞

1856. casement (a window sash on hinges)
　　　註解　向外推開之窗－只當名詞

1857. coquetry (flirtation)
　　　註解　賣弄感情－只當名詞

1858. corridor (a passageway; a hall)
　　　註解　走廊－只當名詞

1859. corrugated (folded; wrinkled; ridged)
　　　註解　皺紋的－只當形容詞，但原型可當動詞和形容詞

1860. dwelling (a residence; a habitation)
　　　註解　住所－只當名詞

1861. eaves (projecting edges of a roof)
　　　註解　屋簷－只當名詞

1862. encumbrance (a lien on real estate)
　　　註解　抵押權－只當名詞，同 incumbrance

1863. facade (front of a building)
    註解   建築物的正面－只當名詞，爲法國字

1864. gable (the triangular end of a roof)
    註解   尖頂屋之山形牆－只當名詞

1865. keystone (piece at center of an arch)
    註解   楔石－只當名詞

1866. lattice (a network of strips of wood)
    註解   格子架－可當名詞和動詞

1867. lessee (one to whom a lease is given)
    註解   承租人－只當名詞

1868. masonry (stonework)
    註解   磚或石造物－只當名詞

1869. mortar (building material)
    註解   灰泥－可當名詞和動詞

1870. mural (pertaining to wall; a wall painting)
    註解   壁畫－可當名詞和形容詞

1871. newel (principal post of a stairway)
    註解   中柱－只當名詞

1872. niche (a hollow or recess; a wall)
    註解   壁龕－可當名詞和動詞

1873. occupancy (the state of being occupied)
    註解   占有－只當名詞

1874. partition (dividing wall)
    註解   分隔－可當名詞和動詞

1875. quitclaim (release of claim on real estate)
    註解   放棄權利－可當名詞和動詞

1876. realty (real estate)
    註解   不動產－只當名詞

1877. rotunda (a large round room)
    註解   圓廳－只當名詞

1878. transom (the window above a door)
    註解   頂窗－只當名詞

1879. acute (having severe symptoms)
    註解   嚴重的－只當形容詞

1880. ambulance (vehicle for carrying the sick)
　　　註解　救護車－只當名詞

1881. appendicitis (disease of the appendix)
　　　註解　盲腸炎－只當名詞

1882. delocalize (to remove from the proper or usual locality)
　　　註解　離開本題－只當動詞

1883. disinfect (to treat to prevent infection)
　　　註解　消毒－只當動詞

1884. epidemic (disease common to many)
　　　註解　流行傳染病－可當名詞和形容詞

1885. exhausted (deprived of strength)
　　　註解　耗盡的－只當形容詞

1886. injurious (hurtful; harmful)
　　　註解　有害的－只當形容詞

1887. nourish (to supply with essential food)
　　　註解　滋養－只當動詞

1888. paralysis (loss of power of motion)
　　　註解　麻痺－只當名詞

1889. pneumonia (inflammation of the lungs)
　　　註解　肺炎－只當名詞

1890. posture (bearing of the body)
　　　註解　姿勢－可當名詞和動詞

1891. rheumatism (a painful disease)
　　　註解　風溼症－只當名詞

1892. sanitary (pertaining to health)
　　　註解　衛生的－只當形容詞

1893. surgery (the science of operating)
　　　註解　手術－只當名詞

1894. symmetry (concord; balance; consonance)
　　　註解　對稱－只當名詞

1895. tonsillitis (inflammation of the tonsils)
　　　註解　扁桃腺炎－只當名詞

1896. tuberculosis (a disease of the lungs)
　　　註解　肺結核－只當名詞

1897. vaccinate (to inoculate with a vaccine)
　　　　註解　　種痘－只當動詞

1898. amputate (to cut off, as a limb)
　　　　註解　　鋸掉－只當動詞

1899. anemia (a deficiency in the blood)
　　　　註解　　貧血病－只當名詞，同 anaemia

1900. anesthetic (agent that eliminates pain)
　　　　註解　　麻藥－可當名詞和形容詞

1901. antiseptic (bacteria-destroying substance)
　　　　註解　　殺菌劑－可當名詞和形容詞

1902. assimilate (to absorb, as nourishment)
　　　　註解　　消化－只當動詞

1903. contagious (spreading by contact)
　　　　註解　　傳染性的－只當形容詞

1904. convalesce (to recover health)
　　　　註解　　恢復健康－只當動詞

1905. delirium (mental disturbance)
　　　　註解　　精神狂亂－只當名詞

1906. diagnose (to recognize a disease)
　　　　註解　　診斷－只當動詞

1907. digestible (capable of being digested)
　　　　註解　　可消化的－只當形容詞

1908. hemorrhage (a discharge of blood)
　　　　註解　　出血－只當名詞

1909. immune (exempt from a disease)
　　　　註解　　免疫的－只當形容詞

1910. incurable (not capable of being cured)
　　　　註解　　不能治的－可當形容詞和名詞

1911. infirmary (a hospital)
　　　　註解　　療養所－只當名詞

1912. inflammation (the state of being inflamed)
　　　　註解　　發炎－只當名詞

1913. insomnia (sleeplessness)
　　　　註解　　失眠症－只當名詞

1914. nostrum (a quack medicine)
　　　註解　成藥－只當名詞

1915. nourishment (nutriment; food)
　　　註解　營養－只當名詞

1916. panacea (a remedy for all diseases)
　　　註解　萬靈藥－只當名詞

1917. penicillin (material made from a mold that kills some bacteria)
　　　註解　盤尼西林－只當名詞

1918. pestilence (a contagious disease)
　　　註解　傳染病－只當名詞

1919. pharmacy (a drug store)
　　　註解　藥房－只當名詞

1920. physique (physical structure; constitution)
　　　註解　體格－只當名詞

1921. prescription (written directions)
　　　註解　處方－只當名詞

1922. sterilize (to free from bacteria)
　　　註解　殺菌，消毒－只當動詞

1923. affection (kind feeling; love)
　　　註解　情感－只當名詞

1924. ancestor (a forefather)
　　　註解　祖先－只當名詞

1925. forebears (ancestors; forefathers)
　　　註解　祖先－只當名詞，同 forbears

1926. fraternal (pertaining to brothers; brotherly)
　　　註解　兄弟的－只當形容詞

1927. genealogy (an account of family pedigrees)
　　　註解　宗譜－只當名詞

1928. household (those dwelling under same roof; a family)
　　　註解　家庭，家屬－可當名詞和形容詞

1929. infantile (pertaining to infancy; childish)
　　　註解　嬰兒的－只當形容詞

1930. inheritance (that which is inherited)
　　　註解　繼承－只當名詞

1931. kindred (persons related; related)
　　　註解　家族關係－可當名詞和形容詞

1932. lineage (descent from a common ancestor)
　　　註解　血統－只當名詞

1933. maternal (pertaining to a mother; motherly)
　　　註解　母系的－只當形容詞

1934. matrimony (marriage)
　　　註解　婚姻－只當名詞

1935. parental (pertaining to parents)
　　　註解　父母的－只當形容詞

1936. patrimony (heritage derived from one's father)
　　　註解　繼承之財產－只當名詞

1937. patronymic (pertaining to the family name)
　　　註解　取自父或祖之名的－可當形容詞和名詞

1938. progenitor (an ancestor; a forefather)
　　　註解　祖先－只當名詞

1939. progeny (descendants; offspring)
　　　註解　子孫－只當名詞

1940. puerile (childish ; foolish)
　　　註解　兒童的－只當形容詞

1941. relay (a series of persons reliving one another or taking turns)
　　　註解　新補充之人－可當名詞和動詞

1942. surname (a family name)
　　　註解　姓－可當名詞和動詞

1943. apostle (one of the twelve disciples of Christ)
　　　註解　使徒，傳道者－只當名詞

1944. baptize (to immerse or sprinkle)
　　　註解　施洗禮－只當動詞

1945. benediction (a blessing)
　　　註解　祝福－只當名詞

1946. bigot (one who is intolerant)
　　　註解　盲信者－只當名詞

1947. blasphemy (indignity offered to God)
　　　註解　咒罵之語－只當名詞

1948. brethren (plural of brother)
> 註解 弟兄，教友－只當名詞

1949. cardinal (one of the Pope's council)
> 註解 紅衣主教－可當名詞和形容詞

1950. catechism (religious doctrine in the form of questions and answers)
> 註解 教義的問與答－只當名詞

1951. clergyman (an ordained minister)
> 註解 教士－只當名詞

1952. confirmation (a church rite)
> 註解 堅信禮－只當名詞

1953. divisible (capable of being divided)
> 註解 可分的－只當形容詞

1954. evangelist (one who converts; a revivalist)
> 註解 傳福音者－只當名詞

1955. heathen (a pagan; an idolater)
> 註解 異教徒－可當名詞和形容詞

1956. hymn (a song of praise)
> 註解 聖歌－只當名詞

1957. invocation (a prayer)
> 註解 祈禱－只當名詞

1958. morality (right conduct; virtue)
> 註解 道德－只當名詞

1959. pagan (a heathen)
> 註解 異教徒－只當名詞

1960. paradise (a place of bliss; heaven)
> 註解 天堂－只當名詞

1961. parsonage (home of a minister)
> 註解 牧師公館－只當名詞

1962. solemn (serious; grave)
> 註解 莊重的－只當形容詞

1963. superstition (fear of the mysterious)
> 註解 迷信－只當名詞

1964. theology (the science of religion)
> 註解 宗教學－只當名詞

1965. congregation (an assembly for worship)
> 註解　集會－只當名詞

1966. deacon (an officer of a church)
> 註解　教會執事－可當名詞和動詞

1967. diocese (district of a bishop)
> 註解　教區－只當名詞

1968. disciple (a follower)
> 註解　門徒，弟子－只當名詞

1969. dogma (body of doctrines)
> 註解　教條－只當名詞

1970. fervor (intensity of feeling)
> 註解　熱心－只當名詞，同 fervour

1971. impious (wanting in reverence)
> 註解　不虔誠的－只當形容詞

1972. missionary (one sent to spread religion)
> 註解　傳教士－可當名詞和形容詞

1973. omnipotent (all-powerful)
> 註解　萬能者－可當名詞和形容詞

1974. orthodox (sound in doctrine)
> 註解　正統的－只當形容詞

1975. parishioner (one connected with a parish)
> 註解　教區之居民－只當名詞

1976. parochial (pertaining to a parish)
> 註解　教區的－只當形容詞

1977. providence (divine guidance or care)
> 註解　上帝保佑－只當名詞

1978. reverend (title of a clergyman)
> 註解　牧師之尊稱－可當名詞和形容詞

1979. reverent (expressing reverence)
> 註解　恭敬的－只當形容詞

1980. righteous (free from sin; living rightly)
> 註解　正當的－只當形容詞

1981. sermon (a public religious discourse)
> 註解　說教－只當名詞

1982. spiritual (pertaining to the spirit)
　　註解　精神的－可當形容詞和名詞

1983. synagogue (place of Jewish worship)
　　註解　猶太教會堂－只當名詞

1984. ache (hurt; pain)
　　註解　疼痛－可當動詞和名詞

1985. academy (private secondary school)
　　註解　私立高中－只當名詞

1986. algebra (a branch of mathematics)
　　註解　代數學－只當名詞

1987. auditorium (room assigned to an audience)
　　註解　大禮堂－只當名詞

1988. bookkeeping (a systematic record of business transactions)
　　註解　簿記－只當名詞

1989. classics (literature of the highest class)
　　註解　第一流文學作家－可當名詞和形容詞

1990. curriculum (subjects arranged in a particular order)
　　註解　課程－只當名詞

1991. department (a subdivision of a school)
　　註解　科，系，部門－只當名詞

1992. graduate (one who has completed a prescribed curriculum)
　　註解　畢業－可當名詞，動詞和形容詞

1993. gymnasium (a place or building for athletic exercises)
　　註解　體育館－只當名詞

1994. inculcate (to impress upon the mind)
　　註解　再三的教誨－只當動詞

1995. penmanship (the art of writing with a pen)
　　註解　書法－只當名詞

1996. scholarship (learning; a found for the support of a student)
　　註解　學問，獎學金－只當名詞

1997. semester (half a school year)
　　註解　一學期－只當名詞

1998. studious (given study)
　　註解　好學的－只當形容詞

1999. supervisor (one who supervises)
　　　註解　監督者－只當名詞

2000. academic (literary rather than technical)
　　　註解　理論的－只當形容詞，同 academical

2001. accurate (careful and exact)
　　　註解　準確的－只當形容詞

2002. alphabet (the letters of a language)
　　　註解　字母－只當名詞

2003. arithmetic (the science of numbers)
　　　註解　算術－只當名詞

2004. biology (the science of life)
　　　註解　生物學－只當名詞

2005. commencement (the ceremonies at the end)
　　　註解　畢業典禮－只當名詞

2006. emulate (to try to equal or excel)
　　　註解　趕上或超過－只當動詞

2007. faculty (the teachers of a school; a power of the mind)
　　　註解　教職員，天賦－只當名詞

2008. fallacy (a false idea or notion)
　　　註解　謬論－只當名詞

2009. fraternity (society of male students)
　　　註解　兄弟會－只當名詞

2010. geometry (branch of mathematics)
　　　註解　幾何學－只當名詞

2011. honorary (conferred as a token of honor)
　　　註解　榮譽的－只當形容詞

2012. journalism (a branch of English that deals with periodicals)
　　　註解　新聞學－只當名詞

2013. recitation (repeating of a lesson)
　　　註解　背誦，重述－只當名詞

2014. sophomore (a second year student)
　　　註解　高中或大學之二年級生－可當名詞和形容詞

2015. stenography (writing in shorthand)
　　　註解　速記－只當名詞

2016. tuition (instruction; a fee)
> 註解　教學，學費－只當名詞

2017. abnormal (not according to rule)
> 註解　不正常的－只當形容詞

2018. accomplish (to complete)
> 註解　完成－只當動詞

2019. campus (the grounds of a school)
> 註解　校園－只當名詞

2020. chemistry (the science of the composition of substances)
> 註解　化學－只當名詞

2021. diploma (paper showing graduation)
> 註解　畢業證書－只當名詞

2022. discipline (training; control; to train)
> 註解　教訓－可當名詞和動詞

2023. geography (thc science of the earth)
> 註解　地理學－只當名詞

2024. institution (a school or a college)
> 註解　機構－只當名詞

2025. knowledge (acquaintance with fact)
> 註解　知識－只當名詞

2026. laboratory (a workroom)
> 註解　實驗室－只當名詞

2027. museum (collection of objects)
> 註解　博物館－只當名詞

2028. physics (the science of the non-chemical changes of matter)
> 註解　物理學－只當名詞，但 physic 可當名詞和動詞

2029. preparatory (preparing for something)
> 註解　準備的－只當形容詞

2030. salesmanship (the art or science of selling)
> 註解　推銷術－只當名詞

2031. sorority (a society of female students)
> 註解　姊妹會，婦女會－只當名詞

2032. syllogize (to argue or reason by syllogisms)
> 註解　用三段論法－只當動詞

2033. absolute (free from restriction)
　　　　註解　　沒限制的－只當形容詞

2034. alderman (member of a governing body)
　　　　註解　　市議員－只當名詞

2035. amendment (a change or a correction)
　　　　註解　　修正－只當名詞

2036. appropriate (to set aside money)
　　　　註解　　撥款，適當的－可當動詞和形容詞

2037. cabinet (a body of advisers)
　　　　註解　　內閣－可當名詞和形容詞

2038. census (numbering of the population)
　　　　註解　　人口調查－只當名詞

2039. democracy (government by the people)
　　　　註解　　民主政治－只當名詞

2040. district (a section of a state or a city)
　　　　註解　　行政區域－只當名詞

2041. diplomat (one who negotiates)
　　　　註解　　外交官－只當名詞

2042. exile (banishment; to banish)
　　　　註解　　放逐－可當名詞和動詞

2043. inaugurate (to induct into office)
　　　　註解　　就職－只當動詞

2044. legislature (a law-making body)
　　　　註解　　立法機關－只當名詞

2045. municipal (pertaining to a city)
　　　　註解　　市政的－只當形容詞

2046. parliamentarism (advocacy of a parliamentary system of government)
　　　　註解　　議會政治－只當名詞

2047. prohibit (to forbid by authority)
　　　　註解　　禁止－只當動詞

2048. revenue (the annual yield of taxes)
　　　　註解　　國家稅收，稅務局－只當名詞

2049. revolution (overthrow of government)
　　　　註解　　革命－只當名詞

2050. tariff (list of duties on imports)
　　註解　關稅－只當名詞

2051. township (a division of a county)
　　註解　鎮區－只當名詞

2052. tribunal (a court of justice)
　　註解　法庭－只當名詞

2053. warrant (an authority to arrest)
　　註解　拘票－可當名詞和動詞

2054. adjourn (to close for the day)
　　註解　休會－只當動詞

2055. administration (executive and his advisers)
　　註解　行政部門－只當名詞

2056. aristocracy (a privileged class)
　　註解　貴族－只當名詞

2057. authority (lcgal power)
　　註解　職權－只當名詞

2058. bureaucracy (government conducted by bureaus or departments)
　　註解　官僚政治－只當名詞

2059. candidate (one who aspires to an office)
　　註解　候選人－只當名詞

2060. citizenship (status of being a citizen)
　　註解　公民身份－只當名詞

2061. deputy (a substitute for another)
　　註解　代表－可當名詞和形容詞

2062. foreigner (a citizen of another country)
　　註解　外國人－只當名詞

2063. governor (the chief officer of a state)
　　註解　州長－只當名詞

2064. injustice (want of justice)
　　註解　不公平－只當名詞

2065. nominate (to propose for office)
　　註解　提名－只當動詞

2066. nonpartisan (not partisan)
　　註解　無黨派的－只當形容詞，同 nonpartizan

2067. notary (one who takes affidavits)
　　　註解　　公證人－只當名詞

2068. patriotic (loving one's country)
　　　註解　　愛國的－只當形容詞

2069. rebellion (resistance to government)
　　　註解　　謀反－只當名詞

2070. regulate (to control by government)
　　　註解　　管轄－只當動詞

2071. treasury (place for keeping funds)
　　　註解　　國庫－只當名詞

2072. allegiance (fidelity to one's government)
　　　註解　　忠誠－只當名詞

2073. alliance (co-operation between countries)
　　　註解　　聯盟－只當名詞

2074. ambassador (an official representative)
　　　註解　　大使－只當名詞

2075. anarchy (absence of government)
　　　註解　　無政府狀態－只當名詞

2076. appointee (one appointed to an office)
　　　註解　　被任命者－只當名詞

2077. assessor (one who values property)
　　　註解　　估稅員－只當名詞

2078. autocracy (government by an individual)
　　　註解　　獨裁政府－只當名詞

2079. borough (a form of incorporated town)
　　　註解　　自治市鎮－只當名詞

2080. despot (a ruler who is a tyrant)
　　　註解　　暴君－只當名詞

2081. dictator (one with absolute authority)
　　　註解　　獨裁者－只當名詞

2082. disfranchise (to deprive of the right to vote)
　　　註解　　褫奪公權－只當動詞

2083. dynasty (a race or succession of kings)
　　　註解　　朝代－只當名詞

2084. eminence (note; fame; prominence)
　　　註解　名位，高地－只當名詞

2085. enfranchise (to give the right to vote)
　　　註解　授與公民權－只當動詞

2086. envoy (one sent on a mission)
　　　註解　使者－只當名詞

2087. immigrate (to come into a country)
　　　註解　移居國內－只當動詞

2088. impeach (to bring changes against)
　　　註解　控訴－只當動詞

2089. imprison (to put into prison)
　　　註解　入獄－只當動詞

2090. insurrection (a rising against civil authority)
　　　註解　叛亂－只當名詞

2091. lobby (to solicit votes of legislators)
　　　註解　遊說議員－可當名詞和動詞

2092. nominee (one who named as a candidate)
　　　註解　被提名人－只當名詞

2093. protectorate (authority of one country over an inferior or dependent one)
　　　註解　保護國－只當名詞

2094. ancient (belonging to times past)
　　　註解　古代的－可當形容詞和名詞

2095. annually (yearly)
　　　註解　每年地－只當副詞，原型為形容詞

2096. autumn (fall)
　　　註解　秋季－可當名詞和形容詞

2097. contemporary (existing at the same time)
　　　註解　同時代的－可當形容詞和名詞

2098. decadence (decline; degeneration)
　　　註解　衰落－只當名詞

2099. epoch (an era)
　　　註解　時代－只當名詞

2100. eternal (everlasting)
　　　註解　永恆的－可當形容詞和名詞

2101. eventually (finally; ultimately)

　　註解　最後地－只當副詞，原型爲形容詞

2102. fortnight (two weeks)

　　註解　兩星期－只當名詞

2103. hasten (to urge forward; to hurry)

　　註解　催促－只當動詞

2104. hesitate (to pause)

　　註解　停頓－只當動詞

2105. instantly (without delay; at once)

　　註解　立刻地－只當副詞，但原型可當名詞和形容詞

2106. intermission (intervening period of time)

　　註解　休息時間－只當名詞

2107. linger (to delay)

　　註解　逗留－只當動詞

2108. momentary (continuing only a moment)

　　註解　一刹那的－只當形容詞

2109. postnuptial (subsequent to marriage)

　　註解　結婚後的－只當形容詞

2110. prior (preceding in order of time)

　　註解　在前的－只當形容詞

2111. tardiness (slowness; lateness)

　　註解　遲延－只當名詞

2112. tentacled (having tentacles)

　　註解　有觸鬚的－只當形容詞，同 tentaculated

2113. afterward (at a later time)

　　註解　以後－只當副詞，同 afterwards

2114. anniversary (annual; annual event)

　　註解　週年－可當名詞和形容詞

2115. beforehand (in advance)

　　註解　事先的－可當形容詞和副詞

2116. constantly (uniformly; continuously)

　　註解　不斷地－只當副詞

2117. endure (last)

　　註解　持續－只當動詞

2118. eternity (indefinite expanse of time)
    註解　永恆－只當名詞

2119. everlasting (lasting forever)
    註解　持久的－只當形容詞

2120. forthwith (immediately; without delay)
    註解　立刻－只當副詞

2121. frequent (often met with)
    註解　時常的－可當形容詞和動詞

2122. gradually (by degrees; slowly)
    註解　漸漸地－只當副詞，原型爲形容詞

2123. hastily (hurriedly; quickly)
    註解　匆匆地－只當副詞，原型爲形容詞

2124. meanwhile (in the intervening time)
    註解　此時此刻－可當副詞和名詞，同 meantime

2125. nowadays (at the present time)
    註解　現今－只當副詞

2126. perpetual (continuing forever)
    註解　永久的－只當形容詞

2127. preliminary (preceding main affair)
    註解　初步的－可當形容詞和名詞

2128. rapidly (speedily; quickly)
    註解　迅速地－只當副詞，但原型可當形容詞和名詞

2129. swiftly (quickly; rapidly)
    註解　飛快地－只當副詞，但原型可當形容詞，副詞和名詞

2130. temporary (lasting for a short time only)
    註解　暫時的－只當形容詞

2131. transient (of short duration; brief)
    註解　短暫的－可當形容詞和名詞

2132. ultimo (in or of the month preceding the current one)
    註解　前月地－只當副詞，簡寫爲 ult.或 ulto.

2133. abundance (great plenty)
    註解　豐富－只當名詞

2134. approximate (nearly exact)
    註解　大概，接近－可當形容詞和動詞

2135. avoirdupois (system of weight)
　　註解　重量－只當名詞

2136. breadth (the distance from side to side)
　　註解　寬度－只當名詞

2137. capacity (the extent of space; volume)
　　註解　容量－只當動詞

2138. dimension (measure in a single line)
　　註解　長度－只當動詞

2139. enormous (exceeding the usual size)
　　註解　巨大的－只當形容詞

2140. enumerate (to number; to count)
　　註解　計算－只當動詞

2141. gigantic (immense)
　　註解　極大的－只當形容詞

2142. lengthen (to make longer)
　　註解　加長－只當動詞

2143. mealtime (the usual time for a meal)
　　註解　通常吃飯之時間－只當名詞

2144. metric (pertaining to the meter)
　　註解　十進位的－只當形容詞

2145. multivocal (having many or different meaning of equal probability or validity)
　　註解　表示多種意義的－只當形容詞

2146. plentiful (abundant)
　　註解　豐富的－只當形容詞

2147. quota (a proportional part or share)
　　註解　配額－只當名詞

2148. scarcity (the state of being scarce)
　　註解　缺工－只當名詞

2149. sufficiency (the state of being sufficient)
　　註解　富足－只當名詞

2150. appendix (matter added to a book)
　　註解　附錄－只當名詞

2151. autobiography (the history of one's life written by oneself)

註解 自傳－只當名詞

2152. ballad (a romantic song)

註解 民歌－只當名詞

2153. biography (the history of one's life)

註解 傳記－只當名詞

2154. bombastic (high-sounding; inflated)

註解 誇大的－只當形容詞

2155. captivating (charming)

註解 迷人的－只當形容詞

2156. chronicle (an account of events)

註解 年代史記－可當名詞和動詞

2157. description (a depicting; an account)

註解 敘述－只當名詞

2158. essay (a composition)

註解 論文－可當名詞和動詞

2159. fable (a marvelous story)

註解 奇談－可當動詞和名詞

2160. fiction (an imagined story)

註解 虛構－只當名詞

2161. humorous (funny)

註解 幽默的－只當形容詞，同 humourous

2162. journalist (one who writes for a periodical)

註解 記者－只當名詞

2163. manuscript (a written copy of a periodical)

註解 草稿－可當名詞和形容詞

2164. narrative (that which is told)

註解 講述的－可當形容詞和名詞

2165. plagiarize (to pass off the writings of another as one's own)

註解 抄襲－只當動詞

2166. sarcastic (containing a taunt)

註解 諷刺的－只當形容詞

2167. satire (literature used to ridicule)

註解 諷刺文－只當名詞

2168. sequel (a continuation of something published before)

> **註解**　續集－只當名詞

2169. addressee (one to whom a letter is addressed)
> **註解**　收信人－只當名詞

2170. application (a request for employment)
> **註解**　申請表－只當名詞

2171. brevity (shortness; conciseness)
> **註解**　簡略－只當名詞

2172. complaint (an expression of grievance)
> **註解**　抱怨－只當名詞

2173. communicate (to send a message)
> **註解**　傳達－只當動詞

2174. dictate (to compose a letter aloud)
> **註解**　指令－可當動詞和名詞

2175. explanatory (offering an explanation)
> **註解**　說明的－只當形容詞

2176. incoherent (inconsistent; loose)
> **註解**　不連貫的－只當形容詞

2177. invitation (act of inviting)
> **註解**　邀請－只當名詞

2178. jargon (language that is unintelligible)
> **註解**　術語－可當名詞和動詞

2179. margin (the part of a page outside the main body of written matter)
> **註解**　旁註－可當名詞和動詞

2180. obvious (easily seen or understood)
> **註解**　顯明的－只當形容詞

2181. postscript (a paragraph added to a letter after it has been concluded)
> **註解**　附筆－只當名詞，簡寫爲 P.S.

2182. questionnaire (a set of questions submitted to a number of people)
> **註解**　問卷調查－只當名詞

2183. quibble (an evasion; to trifle)
> **註解**　雙關語－只當名詞

2184. readable (easy to read)
> **註解**　易讀的－只當形容詞

2185. salutation (the greeting in a letter)

註解　問候－只當名詞

2186. signature (the writer's name)
　　　註解　簽字－只當名詞

2187. choir (an organized group of singers)
　　　註解　合唱隊－可當名詞和動詞

2188. chorus (a group of singers)
　　　註解　歌舞團－可當名詞和動詞

2189. harmony (a tuneful sound)
　　　註解　和聲，調和－只當名詞

2190. orchestra (a group of instrumental players)
　　　註解　管絃樂隊－只當名詞

2191. rehearsal (practicing of a program)
　　　註解　預演－只當名詞

2192. symphony (a composition for a full orchestra)
　　　註解　交響樂－只當名詞

2193. agnate (related or akin though males or on the father's side)
　　　註解　父系的－可當形容詞和名詞

2194. amateur (onc who plays, but not as a professional)
　　　註解　業餘技藝家－可當名詞和形容詞

2195. athwart (from side to side)
　　　註解　橫過－可當副詞和介詞

2196. champion (one acknowledged supreme)
　　　註解　冠軍－可當名詞，形容詞和動詞

2197. defeated (overcome; vanquished)
　　　註解　擊敗的－只當形容詞，原型爲動詞

2198. diversion (that which amuses; sport; play)
　　　註解　娛樂－只當名詞

2199. equipment (articles used in playing games)
　　　註解　設備－只當名詞

2200. fatigue (weariness from exertion; to tire)
　　　註解　疲倦－可當名詞和動詞

2201. javelin (a spear used in field sports)
　　　註解　標槍－只當名詞

2202. referee (an official of athletic appointed to judge certain points)

註解　裁判員－可當名詞和動詞

2203. spectacular (making an unusual display)
　　　註解　壯麗的－可當形容詞和名詞

2204. strenuous (marked by great energy)
　　　註解　費力的－只當形容詞

2205. substitute (a player who replaces another)
　　　註解　代替者－可當名詞和動詞

2206. tournament (a meeting hold for contests in athletics)
　　　註解　比賽－只當名詞

2207. umpire (an official who rules on the plays of an athletic game)
　　　註解　裁判員－可當名詞和動詞

2208. archery (art of shooting arrows)
　　　註解　射劍術－只當名詞

2209. bleachers (seats for spectators)
　　　註解　露天座位－只當名詞

2210. fumble (to fail to hold a ball)
　　　註解　失球－可當動詞和名詞

2211. handicraft (manual skill)
　　　註解　手工－只當名詞

2212. hazel (having a light reddish brown color)
　　　註解　淡褐色的－可當形容詞和名詞

2213. intercollegiate (carried on between colleges)
　　　註解　大學之間的－只當形容詞

2214. interscholastic (carried between schools)
　　　註解　中小學之間的－只當形容詞

2215. pageant (a spectacle; an exhibition)
　　　註解　壯觀－只當名詞

2216. scrimmage (a practice football game)
　　　註解　並列爭球－可當名詞和動詞

2217. stadium (area for athletics)
　　　註解　露天運動場－只當名詞

2218. trophy (evidence of a victory)
　　　註解　勝利紀念品－只當名詞

2219. barren (not producing vegetation)

註解 不毛之地－可當名詞和形容詞

2220. cultivate (to loosen the soil; to till)

註解 耕種－只當動詞

2221. fallow (left untilled; uncultivated)

註解 休耕－可當名詞，形容詞和動詞

2222. fertile (rich; productive)

註解 肥沃的－只當形容詞

2223. fertilize (to enrich the soil)

註解 施肥－只當動詞

2224. harvest (a gathering of crops; to gather)

註解 收割－可當名詞和動詞

2225. implement (a tool or utensil)

註解 工具－可當名詞和動詞

2226. insecticide (preparation for killing insects)

註解 殺蟲劑－只當名詞

2227. irrigable (capable of being irrigated)

註解 可灌溉的－只當形容詞

2228. meadow (grassland)

註解 草地－只當名詞

2229. nursery (a place for raising young plants)

註解 育嬰室，苗圃－只當名詞

2230. pasture (grassland used for feeding animals)

註解 牧場－可當名詞和動詞

2231. poultry (domestic fowls)

註解 家禽－只當名詞

2232. orchard (a group of fruit trees)

註解 果園－只當名詞

2233. productive (having the power to produce; fertile)

註解 生產的－只當形容詞

2234. sterile (barren)

註解 不毛之地的－只當形容詞

2235. vineyard (a plantation of grapevine)

註解 葡萄園－只當名詞

2236. arable (fit for plowing or tillage)

註解　可耕種的－可當形容詞和名詞

2237. fertilizer (material used to enrich the soil)
　　　註解　肥料－只當名詞

2238. forage (food for horses and cattle)
　　　註解　牧草－可當名詞和動詞

2239. haymow (a mass of hay in a barn)
　　　註解　乾草堆－只當名詞

2240. heifer (a young cow)
　　　註解　小牝牛－只當名詞

2241. horticulture (cultivation of garden)
　　　註解　園藝－只當名詞

2242. husbandry (farming)
　　　註解　耕種－只當名詞

2243. mower (a machine for mowing)
　　　註解　剪草機－只當名詞

2244. plantation (a large farm)
　　　註解　大耕地－只當名詞

2245. rural (pertaining to the country)
　　　註解　農村的－只當形容詞

2246. accessories (adornments)
　　　註解　附屬品－只當名詞為複數，但單數可當名詞和形容詞

2247. chauffeur (one who runs an automobile)
　　　註解　車夫－可當名詞和動詞

2248. detour (turning from a direct course)
　　　註解　繞道－可當名詞和動詞

2249. differential (coupling connecting two shafts)
　　　註解　有差別的－只當形容詞

2250. exhaustive (comprehensive; thorough)
　　　註解　徹底的－只當形容詞

2251. gaunt (lean; spare; angular)
　　　註解　骨瘦如柴的，荒涼的－只當形容詞

2252. limousine (car with an enclosed compartment)
　　　註解　大型汽車－只當名詞

2253. mileage (distance in miles)

> **註解** 哩程－只當名詞

2254. pneumatic (inflated with air)
> **註解** 氣體的－可當形容詞和名詞

2255. taxicab (an automobile for hire)
> **註解** 計程車－只當名詞

2256. compartment (space for storing gloves,etc.)
> **註解** 小房間，置物箱－只當名詞

2257. garage (building for an automobile)
> **註解** 車庫－可當名詞和動詞

2258. hydraulic (operated by water)
> **註解** 水力的－只當形容詞

2259. reverse (opposite)
> **註解** 相反－可當名詞，動詞和形容詞

2260. synthetic (not natural)
> **註解** 人造的－只當形容詞

2261. upholstery (covering for seats)
> **註解** 椅套－只當名詞

2262. aerial (pertaining to aircraft)
> **註解** 在空中的－可當形容詞和名詞

2263. aeronautics (the science of flying)
> **註解** 航空學－只當名詞

2264. airborne (conveyed by air)
> **註解** 空中傳播的－只當形容詞

2265. altitude (elevation above the ground)
> **註解** 高度－只當名詞

2266. aviation (the art of flying)
> **註解** 航空－只當名詞

2267. buoyant (able to float in the air)
> **註解** 漂浮的－只當形容詞

2268. fuselage (the body of an airplane)
> **註解** 機身－只當名詞

2269. meteorology (branch of science that deals with the atmosphere)
> **註解** 氣象學－只當名詞

2270. navigator (one who decides on the course of a plane)

註解 領航員－只當名詞

2271. parachute (a device for making a safe descent from aircraft)

註解 降落傘－可當名詞和動詞

2272. stratosphere (upper part of atmosphere)

註解 同溫層－只當名詞

2273. velocity (speed; quickness of motion)

註解 速度－只當名詞

2274. visibility (distance of maximum view)

註解 能見度－只當名詞

2275. accrue (to increase; to accumulate)

註解 增加－只當動詞

2276. collateral (security)

註解 擔保品－可當名詞和形容詞

2277. counterfeit (not genuine; an imitation)

註解 仿冒品－可當名詞，動詞和形容詞

2278. cursory (going rapidly over something without noticing details)

註解 匆促的－只當形容詞

2279. debenture (a certificate of indebtedness)

註解 債券－只當名詞

2280. deposit (to put into a bank; money put into a bank)

註解 存款－可當動詞和名詞

2281. indebtedness (the state of being in debt; the sum-owed)

註解 負債－只當名詞

2282. intrinsic (true, as〝intrinsic value〞)

註解 固有的－只當形容詞

2283. maturity (a becoming due, as a note)

註解 到期－只當名詞

2284. nefarious (flagitious; heinous; infamous)

註解 兇惡的－只當形容詞

2285. postdate (to date after the time of writing, as a check)

註解 遠期－只當動詞

2286. promissory (containing a promise)

註解 約定的－只當形容詞

2287. renewal (a resuming, as a contract)

　　　　註解　　更新－只當名詞

2288. specie (coin; hard money)
　　　　註解　　硬幣－只當名詞

2289. verify (to confirm the truth of)
　　　　註解　　證實－只當動詞

2290. accuracy (state of being accurate)
　　　　註解　　正確性－只當名詞

2291. allowance (that which is allowed)
　　　　註解　　分配－只當名詞

2292. assay (test; measure)
　　　　註解　　分析，試驗－可當動詞和名詞

2293. contingent (liable to occur)
　　　　註解　　可能的－可當形容詞和名詞

2294. depreciation (a lessening in value)
　　　　註解　　貶值－只當名詞

2295. equity (a claim in property)
　　　　註解　　衡平法－只當名詞

2296. inventory (list of goods on hand)
　　　　註解　　存貨清單－可當名詞和動詞

2297. journal (a book of original entry)
　　　　註解　　雜誌，日誌－只當名詞

2298. ledger (a book of final entry)
　　　　註解　　總帳－可當名詞和形容詞

2299. liability (that which one owes)
　　　　註解　　債務－只當名詞

2300. proprietorship (ownership; capital)
　　　　註解　　所有權－只當名詞

2301. subsidiary (referring to a ledger that is summarized in the general ledger)
　　　　註解　　附加物－可當形容詞和名詞

2302. systematically (in a methodical way)
　　　　註解　　有系統地－只當副詞，原型爲形容詞，同 systematic

2303. acid (sour)
　　　　註解　　酸的－可當形容詞和名詞

2304. abortarium (a hospital)

| 註解 | 墮胎醫院－只當名詞

2305. analyze (to separate into parts)

    | 註解 | 分析－只當動詞，同 analyse

2306. compound (a union of two or more elements)

    | 註解 | 混合的－可當形容詞，名詞和動詞

2307. corrode (to diminish by chemical action)

    | 註解 | 侵蝕－只當動詞

2308. crystallize (to form crystals)

    | 註解 | 結晶－只當動詞

2309. distillate (the product of distillation)

    | 註解 | 蒸餾物－只當名詞

2310. experiment (a test)

    | 註解 | 實驗－可當動詞和名詞

2311. forsooth (in truth; in fact)

    | 註解 | 確實－只當副詞

2312. gaseous (having the nature of gas)

    | 註解 | 氣體的－只當形容詞

2313. oxidize (to combine with oxygen)

    | 註解 | 生鏽－只當動詞

2314. qualitative (relating to quality)

    | 註解 | 性質的－只當形容詞

2315. quantitative (relating to quantity)

    | 註解 | 能量的－只當形容詞

2316. resistant (opposing)

    | 註解 | 抵抗的－只當形容詞

2317. solution (a liquid mixture)

    | 註解 | 溶解－只當名詞

2318. substance (material)

    | 註解 | 物質－只當名詞

2319. sulphur (a nonmetallic element)

    | 註解 | 硫磺－可當名詞和形容詞

2320. antique (old)

    | 註解 | 舊的－可當形容詞和名詞

2321. bureau (a chest of drawers)

> **註解** 五斗櫃－只當名詞

2322. chiffonier (a high chest of drawers)
> **註解** 有鏡子的櫥櫃－只當名詞，同 chiffonnier

2323. curb (an edge for a sidewalk)
> **註解** 路邊，抑制－可當名詞和動詞

2324. cushion (a soft pillow or pad)
> **註解** 墊子－可當名詞和動詞

2325. davenport (a long upholstered seat)
> **註解** 長椅－只當名詞

2326. drapery (fabric used for decoration)
> **註解** 裝飾用的幃帳－只當名詞

2327. jardiniere (ornamental receptacle for plants)
> **註解** 裝飾用的花盆－只當名詞

2328. linoleum (floor covering of cork)
> **註解** 地板布－只當名詞

2329. luxurious (gratifying expensive tastes)
> **註解** 奢華的－只當形容詞

2330. mahogany (a hard, dark wood)
> **註解** 桃花心木－可當名詞和形容詞

2331. maple (a hard, light wood)
> **註解** 楓木－只當名詞

2332. modernistic (having modern style)
> **註解** 現代的－只當形容詞

2333. veneer (a thin layer of wood)
> **註解** 薄木片－可當動詞和名詞

2334. walnut (a hard, dark wood)
> **註解** 胡桃－只當名詞

2335. wardrobe (a portable closet for clothes)
> **註解** 衣櫥－只當名詞

2336. colander (a vessel used as a strainer)
> **註解** 濾鍋－只當名詞，同 cullender

2337. forceps (a pair of pincers or tongs)
> **註解** 小鉗子－只當名詞

2338. actuary (one who calculates premiums)

註解 保險統計員－只當名詞

2339. annuity (an amount payable yearly)
　　　註解 年金－只當名詞

2340. assessment (amount imposed)
　　　註解 評估之款額－只當名詞

2341. beneficiary (one to receive benefits)
　　　註解 受益人－只當名詞

2342. casualty (a mishap; an accident)
　　　註解 意外，災禍－只當名詞

2343. compatriot (of the same country)
　　　註解 同胞－可當名詞和形容詞

2344. comprehensive (inclusive; covering all hazards)
　　　註解 包羅萬象的－只當形容詞

2345. convertible (capable of being changed)
　　　註解 可改變的－可當形容詞和名詞

2346. disability (state of being disabled)
　　　註解 無能力－只當名詞

2347. endowment (designating insurance that pays at a certain time)
　　　註解 捐款－只當名詞

2348. expectation (the prospect of the future)
　　　註解 期望－只當名詞

2349. forfeiture (a giving up as a penalty)
　　　註解 沒收，罰金－只當名詞

2350. hazard (danger)
　　　註解 危險－可當名詞和動詞

2351. indemonstrable (incapable of being demonstrated or proved)
　　　註解 不能證明的－只當形容詞

2352. mortality (death rate)
　　　註解 死亡率－只當名詞

2353. negligence (failure to exercise care)
　　　註解 過失－只當名詞

2354. premium (sum paid for insurance)
　　　註解 保險費－只當名詞

2355. recital (narrative)

註解　述說－只當名詞

2356. survivor (one who outlives another)
　　　註解　生存者－只當名詞

2357. waiver (act of giving up a claim)
　　　註解　放棄－只當名詞

2358. affidavit (sworn statement in writing)
　　　註解　宣誓書－只當名詞

2359. allegation (statement of what one undertakes to prove)
　　　註解　推託－只當名詞

2360. apprehend (to lay hold of; to arrest)
　　　註解　逮捕－只當動詞

2361. assign (to turn over to another)
　　　註解　分派－可當動詞和名詞

2362. attest (to bear witness to)
　　　註解　作證－只當動詞

2363. bankrupt (legally discharged from debt)
　　　註解　破產－可當名詞，形容詞和動詞

2364. bestow (to give or confer)
　　　註解　贈與－只當動詞

2365. chattel (property except real estate)
　　　註解　動產－只當名詞

2366. client (one consulting an attorney)
　　　註解　委託人－只當名詞

2367. defendant (one who is sued)
　　　註解　被告－只當名詞

2368. guardian (one who cares for the property or the person of another)
　　　註解　監護人－只當名詞

2369. legacy (a gift of property by will)
　　　註解　遺贈物－只當名詞

2370. legitimate (lawful)
　　　註解　合法的－只當形容詞

2371. libel (a defamatory statement)
　　　註解　誹謗－可當名詞和動詞

2372. lien (a legal claim)

| 註解 | 抵押權－只當名詞 |

2373. mortgage (a conveyance of property as security; to pledge)

| 註解 | 抵押－可當名詞和動詞 |

2374. penalty (punishment)

| 註解 | 處罰－只當名詞 |

2375. plaintiff (one who brings suit)

| 註解 | 原告－只當名詞 |

2376. summon (to command to appear)

| 註解 | 召集－只當動詞 |

2377. trustee (one holding property in trust)

| 註解 | 受託人－只當名詞 |

2378. valid (having legal force; good)

| 註解 | 有效的－只當形容詞 |

2379. verdigris (a green or bluish patina formed on copper, brass, or bronze)

| 註解 | 銅銹－只當名詞 |

2380. adjudicate (to settle by judicial decision)

| 註解 | 宣判－只當動詞 |

2381. arraign (to call a prisoner to court)

| 註解 | 傳喚－只當動詞 |

2382. attach (to take by legal authority)

| 註解 | 查封－只當動詞 |

2383. clemency (the disposition to be lenient)

| 註解 | 仁慈－只當名詞 |

2384. convolute (to coil up)

| 註解 | 旋繞－可當動詞和形容詞 |

2385. conviction (the act of finding a person guilty)

| 註解 | 定罪－只當名詞 |

2386. deposition (written testimony after oath)

| 註解 | 證言－只當名詞 |

2387. docket (an abridged entry of a proceeding in a legal action)

| 註解 | 判決摘錄－可當動詞和名詞 |

2388. duress (actual or threatened violence, which forces one to do some act)

| 註解 | 威脅－只當名詞 |

2389. executor (one who carries out a will)

註解　遺囑執行人－只當名詞

2390. homicide (a killing; one who kills)

註解　殺人－只當名詞

2391. incriminate (to change with a crime)

註解　牽累－只當動詞

2392. litigation (a suit at law)

註解　訴訟－只當名詞

2393. magistrate (public official)

註解　官吏－只當名詞

2394. misdemeanor (a petty crime)

註解　輕罪－只當名詞，同 misdemeanour

2395. precedent (decision that serves as a rule)

註解　先例－可當名詞和形容詞

2396. quash (to annul or make void)

註解　作廢－只當動詞

2397. slander (a false oral report)

註解　誹謗－可當動詞和名詞

2398. subpoena (write summoning a witness)

註解　傳票－可當名詞和動詞，同 subpena

2399. testator (one who leaves a will at death)

註解　留遺囑之死者－只當名詞

2400. testify (to give testimony)

註解　作證－只當動詞

2401. trespass (to enter unlawfully upon land)

註解　侵入－可當動詞和名詞

2402. aperture (picture taking device in camera)

註解　孔徑－只當名詞

2403. cinema (British term for motion pictures)

註解　電影－只當名詞

2404. comedienne (an actress who plays comedy)

註解　喜劇女演員－只當名詞

2405. exposure (the subjecting of film to light)

註解　曝光－只當名詞

2406. focus (to adjust the lens of a camera)

　　　　　　註解　對焦－可當名詞和動詞

2407. lens (glass in camera to form image)
　　　　　　註解　鏡片－只當名詞

2408. newsreel (film showing news items)
　　　　　　註解　新聞影片－只當名詞

2409. photograph (a picture made with a camera)
　　　　　　註解　照片－可當名詞和動詞

2410. playwright (a writer of plays)
　　　　　　註解　劇作家－只當名詞

2411. projection (throwing of pictures on screen)
　　　　　　註解　投影－只當名詞

2412. reel (a spool for film)
　　　　　　註解　一捲影片－可當名詞和動詞

2413. reflector (surface for reflecting light)
　　　　　　註解　反射器－只當名詞

2414. screen (surface on which pictures are projected)
　　　　　　註解　銀幕－可當名詞和動詞

2415. shorts (short films to fill a program)
　　　　　　註解　短的東西－可當名詞，形容詞和副詞

2416. silhouette (profile portrait in black)
　　　　　　註解　黑色半面像－可當名詞和動詞

2417. adhesive (sticky)
　　　　　　註解　黏黏的－只當形容詞

2418. directory (book of names and addresses)
　　　　　　註解　人名住址簿－可當名詞和形容詞

2419. duplication (machine for making copies)
　　　　　　註解　複製－只當名詞

2420. indelible (incapable of being erased)
　　　　　　註解　不能擦掉的－只當形容詞

2421. memorandum (an informal record)
　　　　　　註解　非正式記錄－只當名詞

2422. mucilage (a substance for sticking)
　　　　　　註解　膠水－只當名詞

2423. perforce (of necessity; by force of circumstance)

| 註解 | 必需的－可當副詞和名詞

2424. photostat (machine for photographing on paper)
| 註解 | 影印機－可當名詞和動詞

2425. portfolio (a portable case for papers)
| 註解 | 紙夾－只當名詞

2426. sharpener (device for sharpening pencils)
| 註解 | 削鉛筆機－只當名詞

2427. stencil (sheet used for duplicating)
| 註解 | 模版紙－可當名詞和動詞

2428. tissue (fine, transparent paper)
| 註解 | 薄紙－只當名詞

2429. asphalt (mineral pitch)
| 註解 | 柏油－可當名詞和動詞

2430. barrel (a round, bulging vessel)
| 註解 | 大桶－可當名詞和動詞

2431. combustion (the act or instance of burning)
| 註解 | 燃燒－只當名詞

2432. crude (in a natural state; not refined)
| 註解 | 未提煉的－只當形容詞

2433. decompose (to decay)
| 註解 | 分解－只當動詞

2434. distill (to drive off gas from liquid)
| 註解 | 蒸餾－只當動詞

2435. gravity (the attraction of bodies toward the center of the earth)
| 註解 | 地心吸力－只當名詞

2436. illuminate (to light up)
| 註解 | 照亮－只當動詞

2437. inflammable (easily set on fire)
| 註解 | 易燃的－可當形容詞和名詞

2438. internal (interior)
| 註解 | 內部的－可當形容詞和名詞

2439. petrol (a British term for gasoline)
| 註解 | 汽油－只當名詞，英國用語，同美語 gasoline

2440. petroleum (mineral oil)

| 註解 | 石油－只當名詞 |

2441. receptacle (that which contains something)

| 註解 | 容器－只當名詞 |

2442. refinery (plant for separating oil products)

| 註解 | 煉製廠－只當名詞 |

2443. volatile (easily evaporated)

| 註解 | 揮發性的－只當形容詞 |

2444. bridal (of or pertaining to a bride or a wedding)

| 註解 | 新婚的－可當形容詞和名詞 |

2445. bulletin (a periodical)

| 註解 | 公告－可當名詞和動詞 |

2446. caption (a heading)

| 註解 | 標題－可當名詞和動詞 |

2447. copyright (exclusive right to publish)

| 註解 | 著作權－可當名詞，動詞和形容詞 |

2448. format (style of a book or paper)

| 註解 | 書刊，紙張之版式－只當名詞 |

2449. illustrate (to provide with pictures)

| 註解 | 插圖，圖解－只當動詞 |

2450. font (type of one size and style)

| 註解 | 一套字體－只當名詞 |

2451. indent (to begin in from a margin)

| 註解 | 排印，切割－可當動詞和名詞 |

2452. lithograph (to print form a design on stone)

| 註解 | 石版畫－只當名詞 |

2453. manuscript (an author's copy)

| 註解 | 手稿－可當名詞和形容詞 |

2454. monograph (booklet with a paper cover)

| 註解 | 專論－只當名詞 |

2455. pamphlet (a booklet with a paper cover)

| 註解 | 小冊子－只當名詞 |

2456. photogravure (a fine print)

| 註解 | 照相版－可當名詞和動詞 |

2457. placard (a posted notice; a poster)

　　　　註解　公告－可當名詞和動詞

2458.　prospectus (printed statement of a plan)
　　　　註解　計劃書－只當名詞

2459.　royalty (payment made to an author)
　　　　註解　版費－只當名詞

2460.　script (print resembling handwriting)
　　　　註解　手跡－只當名詞

2461.　typographical (pertaining to printing)
　　　　註解　印刷上的－只當形容詞，同 typographic

2462.　amplify (to make louder)
　　　　註解　擴大－只當動詞

2463.　announcer (one who introduces a brodcast)
　　　　註解　廣播員－只當名詞

2464.　audible (capable of being heard)
　　　　註解　可聽見的－只當形容詞

2465.　audition (hearing given one who desires to broadcast)
　　　　註解　試聽－可當名詞和動詞

2466.　commentator (one who interprets news)
　　　　註解　評論家－只當名詞

2467.　consolation (comfort; solace)
　　　　註解　安慰－只當名詞

2468.　dial (a device for tuning in stations)
　　　　註解　號碼盤－可當名詞和動詞

2469.　disturbance (the act of disturbing)
　　　　註解　擾亂－只當名詞

2470.　frequency (cycles of current per second)
　　　　註解　週率，頻率－只當名詞

2471.　rectify (to correct, to refine sound)
　　　　註解　修正－只當動詞

2472.　resonance (prolongation of sound)
　　　　註解　共鳴，共振－只當名詞

2473.　selectivity (ability to select programs)
　　　　註解　選擇性－只當名詞

2474.　baggage (trunks and bags; luggage)

| 註解 | 行李－只當名詞

2475. brakeman (one in charge of the brakes)
　　　| 註解 | 煞車手－只當名詞

2476. destination (place set for the end of a journey)
　　　| 註解 | 目的地－只當名詞

2477. excursion (a pleasure trip)
　　　| 註解 | 旅行－只當名詞

2478. freight (goods carried by railroad)
　　　| 註解 | 運輸－可當名詞和動詞

2479. lading (a loading; cargo; freight)
　　　| 註解 | 裝載－只當名詞

2480. locomotive (a self-propelled engine)
　　　| 註解 | 火車頭－可當名詞和形容詞

2481. outgoing (departing, as an outgoing train)
　　　| 註解 | 出發的－可當名詞和形容詞

2482. semaphore (signaling apparatus)
　　　| 註解 | 信號機－可當名詞和動詞

2483. terminal (the end)
　　　| 註解 | 終點－可當名詞和形容詞

2484. waybill (a document describing goods)
　　　| 註解 | 乘客名單或運貨單－只當名詞

2485. courtesy (an act of civility or respect)
　　　| 註解 | 禮貌－只當名詞

2486. display (to exhibit; an exhibit)
　　　| 註解 | 展示－可當動詞和名詞

2487. jobber (a wholesaler or middleman)
　　　| 註解 | 批發商－只當名詞

2488. mannerism (peculiarity of manner or action)
　　　| 註解 | 怪癖或習慣性動作－只當名詞

2489. marketable (fit to be offered for sale)
　　　| 註解 | 能賣的－只當形容詞

2490. merchandise (goods for sale)
　　　| 註解 | 商品－可當名詞和動詞

2491. merchant (one who buys and sells goods)

註解　商人－可當名詞和形容詞

2492. prospect (one who may buy)
註解　可能的顧客－可當名詞和動詞

2493. solicitous (anxious or concerned)
註解　掛念的－只當形容詞

2494. specialty (article not used by most people)
註解　特性，特製品－只當名詞，同 speciality

2495. staple (article used by most people)
註解　土產，名產－可當名詞，形容詞和動詞

2496. tact (the ability to deal with others without giving offense)
註解　圓滑－只當名詞

2497. terrigenous (produced by the earth)
註解　來自陸地的－只當形容詞

2498. accommodate (to oblige)
註解　供給－只當動詞

2499. acquaintance (associate; companion)
註解　相識－只當名詞

2500. affiliate (to associate with)
註解　聯合－可當動詞和名詞

2501. arrears (that which is due but unpaid)
註解　到期未付之債－只當名詞

2502. cartage (the price paid for carting)
註解　車費－只當名詞

2503. certificate (a written testimony as to the truth of a fact)
註解　證書－可當名詞和動詞

2504. confinement (the act of confining)
註解　限制－只當名詞

2505. duplicate (double; that which is exactly like something else)
註解　複本的－可當形容詞和動詞

2506. monopoly (the exclusive control of a commodity or service)
註解　獨占－只當名詞

2507. package (a bundle; a parcel)
註解　包裹－可當名詞和動詞

2508. publicity (public information)

註解　公開宣傳－只當名詞

2509. rebate (deduction; payment back)

註解　折扣－可當名詞和動詞

2510. recommend (to put in a favorable light)

註解　介紹－只當動詞

2511. substantial (considerable; real)

註解　真實的－只當形容詞

2512. tonnage (weight of goods in a boat)

註解　噸數－只當名詞

2513. assortment (a group or collection)

註解　分類－只當名詞

2514. authorization (act of empowering; sanction)

註解　授權－只當名詞

2515. clearance (the act of clearing out; pertaining to a sale to clear out)

註解　清除－只當名詞

2516. consignee (one to whom a thing is sent)

註解　收件人－只當名詞

2517. defray (to pay; to bear expenses of)

註解　支付－只當動詞

2518. delinquent (neglectful; one who fails or neglects to perform a duty)

註解　有過失的－可當形容詞和名詞

2519. mercantile (pertaining to commerce)

註解　商人的－只當形容詞

2520. negotiate (to deal with; to come to terms)

註解　商談－只當動詞

2521. profitable (lucrative; useful)

註解　有利的－只當形容詞

2522. reckon (to calculate; to compute)

註解　計算－只當動詞

2523. rerun (a reshowing of a film)

註解　電影之再上演－可當名詞和動詞

2524. specimen (a sample)

註解　樣品－可當名詞和動詞

2525. abolish (to do away with wholly; to annul)

> **註解** 取消－只當動詞

2526. abducent (drawing away as by the action of a muscle)

> **註解** 外轉肌的－只當形容詞

2527. applause (act of applauding)

> **註解** 鼓掌－只當名詞

2528. collapse (to break down; to cave in)

> **註解** 倒塌－可當動詞和名詞

2529. conjunction (state of being joined; union)

> **註解** 連合－只當名詞

2530. distinguish (to set apart from others; to recognize)

> **註解** 區別－只當動詞

2531. erroneous (incorrect)

> **註解** 錯誤的－只當形容詞

2532. folio (a sheet of paper folded once to make two leaves of a book)

> **註解** 對摺本－可當名詞，形容詞和動詞

2533. initial (pertaining to the beginning; first letter; to mark with a letter)

> **註解** 開始的，姓名的首字母－可當形容詞和名詞

2534. monotony (sameness; or want of variety)

> **註解** 單調－只當名詞

2535. picturesque (possessing decorative or pictorial charm)

> **註解** 生動的－只當形容詞

2536. salutary (beneficial; healthful)

> **註解** 有益的－只當形容詞

2537. simplify (to make simple)

> **註解** 簡化－只當動詞

2538. tolerate (to put up with; to suffer to be or to be done)

> **註解** 忍受－只當動詞

2539. vacancy (state of being vacant; an unoccupied space)

> **註解** 空虛－只當名詞

2540. vicious (addicted to vice; depraved; wicked)

> **註解** 惡意的－只當形容詞

2541. visual (pertaining to sight; that can be seen)

> **註解** 可看見的－只當形容詞

2542. wrought (worked; not rough or crude)

> 註解 精製的－只當形容詞

2543. abradant (an abrasive)
> 註解 研磨劑－可當名詞和形容詞

2544. adhere (to stick fast)
> 註解 黏住，堅持－只當動詞

2545. ascertain (to learn for a certainty)
> 註解 確認－只當動詞

2546. auspices (protection; patronage)
> 註解 贊助－只當名詞

2547. comprise (to include or contain)
> 註解 包括－只當動詞，同 comprize

2548. curiosity (the disposition to inquire into anything)
> 註解 好奇－只當名詞

2549. drastic (extreme)
> 註解 猛烈的－只當形容詞

2550. enkindle (to kindle into flame)
> 註解 燃火－只當動詞

2551. gratify (to give satisfaction to)
> 註解 使滿意－只當動詞

2552. hypocrisy (the act of pretending to be what one is not)
> 註解 偽善－只當名詞

2553. ingredient (a component part of a mixture)
> 註解 成分－只當名詞

2554. laborious (diligent industrious)
> 註解 勞力的－只當形容詞

2555. mediocre (of a middle quality; ordinary)
> 註解 平凡的－只當形容詞

2556. perplexing (confusing; bewildering)
> 註解 麻煩的－只當形容詞

2557. precarious (uncertain; insecure)
> 註解 不安定的－只當形容詞

2558. query (a question; an inquiry)
> 註解 問題－可當名詞和動詞

2559. solitary (living or being by oneself)

註解　單一的－可當形容詞和名詞

2560.　superficial (pertaining to the surface; not profound; shallow)

註解　表面的－只當形容詞

2561.　abode (the place where one lives)

註解　住所－可當名詞和動詞

2562.　anticipate (to take up before the normal time; to foresee)

註解　預期－只當動詞

2563. aspiration (the act of desiring; a longing)

註解　渴望－只當名詞

2564. circuit (the route over which one moves)

註解　繞行－只當名詞

2565. congeal (to change from a soft or fluid state to a rigid or solid state as by cooling or freezing)

註解　凝結－只當動詞

2566. delinquency (failure in or neglect of duty or obligation)

註解　怠忽職務－只當名詞

2567. disposal (a putting with great care)

註解　布置－只當名詞

2568. elaborate (worked out with great care)

註解　用心的－可當形容詞和動詞

2569. episode (a prominent occurrence)

註解　插曲－只當名詞

2570. facility (the quality of being easily done)

註解　熟練－只當名詞

2571. identity (likeness of two or more things)

註解　同一性質－只當名詞

2572. impalpable (not palpable; incapable)

註解　難理解的－只當形容詞

2573. inhale (to breathe in)

註解　吸入－只當動詞

2574. literally (word by word)

註解　逐字地－只當副詞

2575. modify (to change somewhat)

註解　修改－只當動詞

2576. perusal (the act of reading with care)
> 註解　細讀－只當名詞

2577. prejudice (a preconceived opinion; to bias the mind of)
> 註解　偏見－可當名詞和動詞

2578. recourse (a source of aid)
> 註解　求助－只當名詞

2579. sagacity (keenness of judgement)
> 註解　精明－只當名詞

2580. simplicity (the quality of being simple)
> 註解　簡單－只當名詞

2581. souvenir (a keepsake)
> 註解　紀念品－只當名詞

2582. supreme (highest in authority)
> 註解　最高的－只當形容詞

2583. tolerable (moderately good; passable)
> 註解　可容忍的－只當形容詞

2584. unique (single kind; without an equal)
> 註解　唯一的－只當形容詞

2585. abrupt (sudden; hasty; unceremonious)
> 註解　突然的－只當形容詞

2586. aggregating (accumulating; collecting)
> 註解　合計的－只當形容詞，但原型可當動詞，名詞和形容詞

2587. assume (to take upon oneself)
> 註解　假裝－只當動詞

2588. delusion (a false belief)
> 註解　迷惑－只當名詞

2589. diverge (branch off; to turn aside)
> 註解　分歧，差異－只當動詞

2590. embarrass (to disconcert; to render uneasy)
> 註解　使困窘－只當動詞

2591. essence (a necessary constituent; element)
> 註解　本質－只當名詞

2592. frantic (frenzied; distracted)
> 註解　激昂的－只當形容詞

2593. hectic (feverish)
> 註解 發燒的－可當形容詞和名詞

2594. incentive (that which incites to action)
> 註解 動機－可當名詞和形容詞

2595. irremediable (not admitting of remedy, cure, of repair)
> 註解 不能補救的－只當形容詞

2596. morbid (diseased; of a gloomy nature)
> 註解 病態的－只當形容詞

2597. overwhelm (to engulf; to crunch; to bury)
> 註解 壓倒－只當動詞

2598. poise (carriage of body; to balance)
> 註解 均衡－可當動詞和名詞

2599. remorse (repentant regret)
> 註解 悔恨－只當名詞

2600. sanctity (holiness; godliness; sacred)
> 註解 神聖－只當名詞

2601. singular (unique; unusual)
> 註解 非凡的－可當形容詞和名詞

2602. suspicious (inclined to suspect; distrustful)
> 註解 懷疑的－只當形容詞

2603. technique (style of performance)
> 註解 技術－只當名詞

2604. unanimous (being of one mind)
> 註解 全體一致的－只當形容詞

2605. variety (state of being varied; a varied assortment)
> 註解 多樣－只當名詞

2606. whim (sudden turn of mind; fancy)
> 註解 突然的念頭－只當名詞

2607. accustom (to make familiar by use)
> 註解 使習慣－只當動詞

2608. alleged (declared; asserted)
> 註解 有嫌疑的－只當形容詞

2609. attitude (bearing; feeling)
> 註解 態度－只當名詞

2610. desperate (without hope; in despair)
   註解　絕望的－只當形容詞

2611. emphatic (impressive; forcible)
   註解　強調的－只當形容詞

2612. hideous (horribly ugly; revolting)
   註解　可怕的－只當形容詞

2613. incandescent (white; glowing, as a lamp)
   註解　白亮的－只當形容詞

2614. manifold (numerous and varied)
   註解　多種的－可當形容詞，名詞和動詞

2615. microscope (an optical instrument)
   註解　顯微鏡－只當名詞

2616. parallel (running side by side)
   註解　平行的－可當形容詞，名詞和動詞

2617. ridgy (rising in a ridge or ridges)
   註解　山脊道－只當名詞

2618. tedious (tiresome; wearisome)
   註解　令人討厭的－只當形容詞

2619. triumphant (victorious; successful)
   註解　成功的－只當形容詞

2620. vigilance (watchfulness; wakefulness)
   註解　警戒－只當名詞

2621. voyage (a journey by water)
   註解　航海－可當名詞和動詞

2622. barbarous (uncivilized; cruel)
   註解　野蠻的－只當形容詞

2623. calamity (a great misfortune; a disaster)
   註解　災難－只當名詞

2624. contrariwise (in the opposite way)
   註解　相反地－只當副詞

2625. conspiratress (female conspirator)
   註解　女性陰謀者－只當名詞

2626. controversy (a dispute; a disagreement)
   註解　爭論－只當名詞

2627. credentials (testimonials regarding a person)
> 註解　證件－只當名詞

2628. detriment (the which causes damage; harm)
> 註解　損害－只當名詞

2629. dockyard (a waterside are a containing docks, workshops, warehouse, etc. For building or repairing ships)
> 註解　造或修船所－只當名詞

2630. dominate (to have controlling power over)
> 註解　統治－只當動詞

2631. ingest (to take as food into the body)
> 註解　嚥下－只當動詞

2632. judicious (wise)
> 註解　聰明的－只當形容詞

2633. masquerade (an assembly of persons wearing masks; to frolic in disguise)
> 註解　化裝舞會，僞裝－可當名詞和動詞

2634. nugatory (trivial; insignificant)
> 註解　無價值的－只當形容詞

2635. parody (a writing mimicking the language of an author)
> 註解　笨拙的模仿－可當名詞和動詞

2636. posterity (descendants; future generations)
> 註解　後代－只當名詞

2637. precede (to be before in rank or order)
> 註解　在先－只當動詞

2638. pro bono publico (for the public good or welfare)
> 註解　爲公眾利益－只當名詞，爲拉丁語

2639. resume (to begin again)
> 註解　重新開始－只當動詞

2640. adorn (to deck with ornaments)
> 註解　裝飾－只當動詞

2641. alternate (to happen by turns)
> 註解　輪流－可當名詞，動詞和形容詞

2642. animated (alive; full of life)
> 註解　精力旺盛的－只當形容詞

2643. comical (laughable)

| 註解 | 可笑的－只當形容詞

2644. ghastly (horrible; deathlike; pallid)
| 註解 | 可怕的－可當形容詞和副詞

2645. procure (to acquire; to gain; to get)
| 註解 | 取得－只當動詞

2646. temperate (not excessive; moderate)
| 註解 | 有節制的－只當形容詞

2647. unduly (not legally)
| 註解 | 不正當地－只當副詞

2648. anxiety (uneasiness about a future event)
| 註解 | 憂慮－只當名詞

2649. apology (an acknowledgment of error with an expression of regret)
| 註解 | 道歉－只當名詞

2650. consolation (comfort)
| 註解 | 安慰－只當名詞

2651. forethought (a planning beforehand)
| 註解 | 預先盤算－只當名詞

2652. gratitude (state of being grateful)
| 註解 | 感激－只當名詞

2653. harmonious (free from discord)
| 註解 | 調和的－只當形容詞

2654. humanity (mankind)
| 註解 | 人類－只當名詞

2655. intercede (to attempt to reconcile parties)
| 註解 | 代人求情－只當動詞

2656. interpret (to explain the meaning of)
| 註解 | 演奏，闡明－只當動詞

2657. invariably (constantly; uniformly)
| 註解 | 不變地－只當副詞

2658. liberal (generous)
| 註解 | 慷慨的－可當形容詞和名詞

2659. reconcile (to cause to be friendly again)
| 註解 | 調解－只當動詞

2660. reliquary (a repository or receptacle for a relic or relics)

| 註解 | 遺物箱－只當名詞

2661. stupidity (mental dullness)
| 註解 | 愚笨－只當名詞

2662. supersede (to put another in the place of)
| 註解 | 替代－只當動詞

2663. urgent (calling for immediate action)
| 註解 | 急迫的－只當形容詞

2664. venture (an undertaking of chance)
| 註解 | 冒險－可當名詞和動詞

2665. anatomy (structure of plants or animals)
| 註解 | 動，植物的身體結構－只當名詞

2666. arbitrary (absolute; despotic)
| 註解 | 武斷的－只當形容詞

2667. etiquette (conventional forms required by good breeding)
| 註解 | 規矩－只當名詞

2668. expedient (suitable to the end in view)
| 註解 | 權宜之計的－可當形容詞和名詞

2669. fulfill (to perform; to satisfy)
| 註解 | 執行－只當動詞，同 fulfil

2670. genial (sympathetically cheerful)
| 註解 | 愉悅的－可當形容詞和名詞

2671. induce (to influence; to cause)
| 註解 | 招惹－只當動詞

2672. intrude (to force oneself in)
| 註解 | 闖入－只當動詞

2673. prodigious (exciting wonder; enormous)
| 註解 | 驚人的－只當形容詞

2674. scenery (the landscape)
| 註解 | 風景－只當名詞

2675. sensitive (easily affected)
| 註解 | 敏感的－只當形容詞

2676. spontaneous (acting by natural impulse)
| 註解 | 自自然然的－只當形容詞

2677. suffice (to satisfy)

註解 滿足－只當動詞

2678. trivial (commonplace)
註解 不重要的－只當形容詞

2679. utilize (to make use of)
註解 利用－只當動詞

2680. voluntary (acting from choice)
註解 自動的－可當形容詞和名詞

2681. abrade (to wear off or down by friction)
註解 磨擦－只當動詞

2682. candidacy (state of being a contestant)
註解 候補資格－只當名詞，同 candidateship

2683. casual (coming by chance)
註解 偶然的－可當形容詞和名詞

2684. decorate (to adorn; to embellish)
註解 裝飾－只當動詞

2685. expediency (practical efficiency; fitness)
註解 權宜事－只當名詞

2686. facilitate (to make easy)
註解 使容易－只當動詞

2687. fantastic (imaginary; fanciful)
註解 奇妙的－只當形容詞

2688. generosity (the state of being liberal)
註解 大度量－只當名詞

2689. privilege (a right; an advantage)
註解 特權－可當動詞和名詞

2690. reinstate (to re-establish)
註解 重建－只當動詞

2691. scenic (affording attractive scenery)
註解 風景的－只當形容詞

2692. ultima (the last syllable of a word)
註解 一個字之最後一個音節－只當名詞

2693. care for (like)
註解 照顧－只當動詞

2694. do away with (eliminate; abolish; kill)

註解 廢除－動詞片語

2695. drop out of (quit)

註解 放棄，離去－動詞片語

2696. get through (finish)

註解 完成－只當動詞

2697. broke off (ended)

註解 突然停止，絕交－只當動詞

2698. held up (robbed)

註解 搶刼－只當動詞

2699. drawl (to speak or say in a slow manner)

註解 慢吞吞地說－可當動詞和名詞

2700. figure out (interpret)

註解 理解－只當動詞

2701. keep on (continue)

註解 繼續－只當動詞

2702. called on (asked)

註解 要求－只當動詞

2703. give-and-take (to exchange ideas)

註解 公平交易，互相遷就－可當名詞和動詞

2704. closing in on (approaching)

註解 迫近－分詞片語

2705. look after (take care of)

註解 照顧－只當動詞

2706. came down with (became ill)

註解 生病－動詞片語

2707. fill in (substitute)

註解 填寫，填滿－只當動詞

2708. held to (grasped)

註解 抓住－只當動詞

2709. look into (investigate)

註解 調查－只當動詞

2710. passed out (handed out; distributed)

註解 轉交－只當動詞

2711. check out of (leave)

註解	離開－動詞片語

2712. fourinhand (of or pertaining to a four-in-hand)

註解	四馬車，活結領帶－只當名詞

2713. pick out (select)

註解	選擇－只當動詞

2714. get by (get along; manage)

註解	進展，相處－只當動詞

2715. come along with (accompany)

註解	陪伴－動詞片語

2716. pointed out (indicated)

註解	指出－只當動詞

2717. count on (rely on)

註解	信賴－只當動詞

2718. put off (postponed)

註解	延後－只當動詞

2719. ran into (accidentally met)

註解	偶遇－只當動詞

2720. see about (consider)

註解	考慮－只當動詞

2721. brought up (raised)

註解	撫養－只當動詞

2722. passed out (fainted)

註解	昏倒－只當動詞

2723. talk over (discuss)

註解	討論－只當動詞

2724. trying out (testing)

註解	試驗－分詞片語

2725. turned in (submitted)

註解	交付－只當動詞

2726. get up (wake up; awaken)

註解	起床－只當動詞

2727. watch out for (be careful of)

註解	照顧－只當動詞

2728. go along with (agree)

註解 一致同意－動詞片語

2729. hold one's peace speaking (keep silent)

註解 保持沉默－動詞片語

2730. rancor (bitterness; spite; venom)

註解 深仇－只當名詞，同 rancour

2731. take over for (substitute for)

註解 接收－動詞片語

2732. brush off (rebuff; repeal)

註解 排除－動詞片語

2733. carry the day (be victorious)

註解 度過勝利(愉快)的一天－動詞片語

2734. come by (acquire; get)

註解 獲得－動詞片語

2735. come up with (offer; propose; overtake)

註解 追上－動詞片語

2736. cross one's mind (occur to)

註解 想起－動詞片語

2737. fall in (take one's place in a formation)

註解 同意，塌陷－動詞片語

2738. fit in with (agree exactly with)

註解 相合－動詞片語

2739. from time to time (at times; occasionally)

註解 常常地－介詞片語

2740. in the neighborhood (approximate amount of range)

註解 大概，左右－介詞片語

2741. in the long run (in the final analysis or outcome)

註解 最終－介詞片語

2742. let up (cease)

註解 停止－動詞片語

2743. look in (visit)

註解 訪問－動詞片語

2744. pass over (ignore)

註解 忽視－動詞片語

2745. put across (to make understand)

註解	完成－動詞片語

2746. run away with (make off with; elope with)

註解	私奔，偷－動詞片語

2747. see into (examine)

註解	調查－動詞片語

2748. see to (take care of)

註解	注意－動詞片語

2749. shed light on (illuminate)

註解	點亮光－動詞片語

2750. strike up (start; initiate)

註解	開始－動詞片語

2751. take up (begin to do; spend)

註解	開始，清償－只當動詞

2752. tip off (tell; inform)

註解	暗示－可當動詞和名詞

2753. turn over (happen; arrive)

註解	移交，翻轉－只當動詞

2754. underbuy (to buy at less than the actual value)

註解	以較實價便宜的價格買進－只當動詞

2755. let up (diminish)

註解	停止－只當動詞

2756. let out (dismiss)

註解	攻擊，開除－只當動詞

2757. off and on (intermittently)

註解	有時，斷斷續續地－副詞片語，同 on and off

2758. for good (forever)

註解	永久－只當副詞

2759. on one's own account (independently)

註解	自主地－副詞片語

2760. take into account (take into consideration)

註解	考慮－動詞片語

2761. in the air (uncertain)

註解	未確定的－介詞片語

2762. give oneself airs (behave in a manner intended to suggest to others)

註解 公開表示－動詞片語

2763. all in all (considering everything; as a whole)

註解 完全地－可當代名詞和副詞

2764. all the same (nevertheless)

註解 仍然地－只當副詞

2765. the apple of one's eye (the favourite; person loved most dearly)

註解 個人喜好－名詞片語

2766. tied to her apron strings (completely under her control)

註解 完全控制之下－動詞片語

2767. have an axe to grind (private aims)

註解 另有企圖－動詞片語

2768. put one's back into (use all one's energy in order to do something)

註解 努力不息－動詞片語

2769. on the ball (well-informed and quick to take advantage of it)

註解 提高警覺－介詞片語

2770. off one's own bat (without help, often without others knowing about it)

註解 不動聲色地－副詞片語

2771. be-all and end-all (the supremely important thing)

註解 超級重要的－形容詞片語

2772. get out of bed on the wrong side (said of someone who is bad-tempered in the morning)

註解 心情不好－動詞片語，同 get up on the wrong side

2773. below the belt (unfair)

註解 不公平的－形容詞片語

2774. bend over backwards (do everything possible)

註解 屈服－動詞片語

2775. make the best of (achieve the best results possible in difficult situation)

註解 盡最大可能－動詞片語

2776. bite off more than one can chew (undertakes a task beyond one's ability capacity)

註解 超出個人能力－動詞片語

2777. once bitten, twice shy (proverbial expression, meaning〝once one has been deceived, one will be twice as careful the next time one finds oneself in a similar situation〞)

註解　審愼的－形容詞片語

2778. in black and white (in writing; print)

註解　白紙黑字的－介詞片語

2779. a wet blanket (someone who prevents others from enjoying themselves by being gloomy)

註解　令人掃興的人或事物－名詞片語

2780. out of the blue (unexpectedly)

註解　意外地－副詞片語

2781. suit one's book (be convenient to)

註解　適合某人－動詞片語

2782. the boot is on the other foot (the responsibility or blame is the opposite of what has been stated)

註解　責任在他人－形容詞片語

2783. bound up with (closely connected with)

註解　涉及到－動詞片語

2784. pick someone's brains (make use of his specialized knowledge in order to find the answer to a problem)

註解　利用某人的智慧－動詞片語

2785. get down to brass tacks (state the real reasons for talking)

註解　談論要點－動詞片語

2786. take one's breath away (surprise so much that one cannot speak)

註解　大爲驚訝－動詞片語

2787. it's as broad as it's long (it makes no difference either way)

註解　完全一樣，並無不同－完整的句子

2788. take the bull by the horns (face a difficult situation and use direct measures to overcome)

註解　不怕困難直接面對－動詞片語

2789. by and by (after a time; one day)

註解　不久－副詞片語

2790. a close call (a narrow escape from disaster)

註解　死裏逃生－名詞片語

2791. carry the can (be forced to take the blame for something someone else has done)

註解　背黑鍋，代人受過－動詞片語

2792. burn the candle at both ends (work and enjoy oneself without resting)
　　　 註解　消耗力量－動詞片語

2793. put the cart before the horse (do things in the wrong order)
　　　 註解　本末倒置－動詞片語

2794. cash in on (take advantage of special knowledge or experience to get money)
　　　 註解　營利－動詞片語

2795. let the cat out of the dog (disclose information at the wrong moment)
　　　 註解　洩露秘密－動詞片語

2796. get no change out of (be unable to obtain help, information, etc. from)
　　　 註解　沒有機會－動詞片語

2797. chock-a-block (packed together; overcrowded)
　　　 註解　十分擠的－形容詞片語，同 chockablock

2798. with one's eyes shut (not observing)
　　　 註解　不注意地－介詞片語

2799. cut one's coat according to one's cloth (adapt what one spends to income)
　　　 註解　量入為出－動詞片語

2800. dodge the column (avoid an unpleasant duty)
　　　 註解　閃避某事－動詞片語

2801. in one's true colours (as one really is)
　　　 註解　忠實地－介詞片語

2802. come into one's own (be at one's best, show one's ability to the best advantage)
　　　 註解　得到自己應得之名譽，信用等－動詞片語

2803. come up to (reach)
　　　 註解　達到－動詞片語

2804. in confidence (expecting that it will be kept secret)
　　　 註解　當作秘密－介詞片語

2805. turn the corner (pass a critical point and begin to improve, recover)
　　　 註解　脫險－動詞片語

2806. at the cost of (at the loss of or expense of)
　　　 註解　損失，代價－介詞片語

2807. count in (include something)

註解　包括－動詞片語

2808. count out (exclude something)

註解　失效，未計及－動詞片語

2809. in the course of (at some point during)

註解　按照情形－介詞片語

2810. bear one's cross (support a burden of sorrow or suffering)

註解　揹負十字架－動詞片語

2811. have a crush on (imagine one is in love with)

註解　迷戀－動詞片語

2812. cut-and-dried (decided, and unlikely to be changed)

註解　預先準備的－形容詞片語

2813. put a damper on (discourage, reduce others' enthusiasm)

註解　勸阻某人－動詞片語

2814. put out of the way (murder; kill)

註解　謀殺－動詞片語

2815. have one's day (have one's time of success, prosperity)

註解　成功之日－動詞片語

2816. be the death of someone (make him laugh uncontrollably)

註解　狂笑不止－動詞片語

2817. be disposed to (be willing to)

註解　有意做－動詞片語

2818. a dog in the manger (someone who has no need for a thing, but refuses to let anyone else have it)

註解　狗佔馬槽－名詞片語

2819. go to the dogs (deteriorate)

註解　變壞－動詞片語

2820. donkey work (the dull, repetitive part of a job)

註解　笨拙－名詞片語

2821. down and out (out of work, and forced to live on charity)

註解　一無所有－形容詞片語

2822. at the drop of a hat (immediately; without hesitating)

註解　立刻－介詞片語

2823. not an earthly (no chance, hope at all)

註解　根本不可能－副詞片語

2824. put all one's eggs in one basket (risk everything on a single enterprise)
註解 孤注一擲－動詞片語

2825. white elephant (possession, property useless to the owner)
註解 大而無用的，累贅－名詞片語

2826. at a loose end (having nothing interesting to do)
註解 沒有著落－介詞片語

2827. go off the deep end (lose control of one's feelings)
註解 走極端－動詞片語

2828. make an example of (punish severely as a warning to others)
註解 殺雞儆猴－動詞片語

2829. an eye for an eye (revenge equal to the injury suffered)
註解 報仇，以眼還眼－名詞片語

2830. in one's mind's eye (in one's imagination)
註解 在某人的想像中－介詞片語

2831. up to one's eyes in (totally engaged in; extremely busy with)
註解 深深的介入－副詞片語

2832. seedtime (the season for sowing seed)
註解 播種時期－只當名詞

2833. look someone in the face (look at him without fear or embarrassment)
註解 勇敢面對－動詞片語

2834. in good faith (with honest intentions; without suspicion)
註解 老實地－介詞片語

2835. fall in with (agree to)
註解 遇見－動詞片語

2836. take a fancy (to develop a liking for someone or something)
註解 討好某人－動詞片語

2837. bytalk (small talk; chitchat)
註解 多餘的話－只當名詞

2838. for fear of (in case)
註解 恐怕－介詞片語

2839. be fed up with (be tired of, discontented)
註解 厭煩－動詞片語

2840. fend for oneself (provide for oneself; look after oneself)
註解 自立自強－動詞片語

2841.　play second fiddle to (adopt a subordinate position to)

註解　聽人指揮－動詞片語

2842.　cut it fine (leave oneself with the minimum of time necessary to do

something)

註解　給自己不足够的時間－動詞片語

2843.　have something at one's finger tips (be so familiar with one's work, etc.

that information is immediately available)

註解　駕輕就熟－動詞片語

2844.　a fish out of water (person unsuited to position, job, etc.)

註解　如魚出水，不適任－名詞片語

2845.　in a fix (in an awkward situation)

註解　困境－介詞片語

2846.　a flash in the pan (short-lived success)

註解　曇花一現－名詞片語

2847.　a fly in the ointment (a disagreeable occurrence or person preventing

enjoyment from being complete)

註解　小瑕疵－名詞片語

2848.　put a foot wrong (make the slightest mistake)

註解　犯小錯－動詞片語

2849.　put one's foot in it (say something stupid or embarrassing)

註解　笨拙出錯－動詞片語

2850.　put one's best foot forward (walk as quickly as possible; hurry)

註解　盡最大努力－動詞片語

2851.　make free with (use other people's things as if they were one's own)

註解　隨便使用－動詞片語

2852.　full of oneself (conscious of one's own importance)

註解　自大的－形容詞片語

2853.　lead someone up the garden path (mislead or deceive him)

註解　帶錯路，欺騙之意－動詞片語

2854.　get along (make progress; manage; be on friendly terms with)

註解　進展，相處－動詞片語

2855.　get away with (avoid being punished)

註解　逃避處罰－動詞片語

2856.　go along with (agree with)

註解 陪伴－動詞片語

2857. good-for-nothing (useless; valueless)

註解 無用的－可當形容詞和名詞

2858. take something for granted (assume it is true, will happen, without troubling to find out)

註解 視爲當然－動詞片語

2859. cut the ground from under someone's feet (anticipate his actions, plans, etc. and so make things difficult for him)

註解 使人的立場不能成立－動詞片語

2860. your guess is as good as mine (I have no more knowledge about it than you have)

註解 誰的猜測都是一樣不可靠－完整的句子

2861. stick to one's guns (maintain one's position in spite of pressure)

註解 堅持立場－動詞片語

2862. hand in hand (holding hands; together)

註解 手牽手的，共同地－副詞片語

2863. from hand to mouth (using all that is earned as fast as it is earned, thus making saving impossible)

註解 窮困－介詞片語，同 from day to day

2864. give someone a hand (help him)

註解 小小的幫忙－動詞片語

2865. give someone a big hand (applaud him)

註解 大大的讚賞人－動詞片語

2866. give someone a free hand (give him the opportunity to do as he thinks best, make his own decisions, etc.)

註解 允許某人有完全選擇的自由－動詞片語

2867. wash one's hands of (disclaim further responsibility or concern for)

註解 洗手不幹－動詞片語

2868. talk through one's hat (talk nonsense)

註解 說沒有知識的話－動詞片語

2869. make hay while the sun shines (proverbial expression meaning "take advantage of opportunities, favourable situations, by acting before they disappear or change")

註解 利用時機－動詞片語

2870. keep one's head above water (avoid sinking into difficulties)

　　　註解　免入困境－動詞片語

2871. have one's heart in one's mouth (be frightened, nervous)

　　　註解　大驚失色－動詞片語

2872. wear one's heart on one's sleeve (show one's feelings openly, risking

　　　criticism, hurt, etc.)

　　　註解　傾吐感情反遭批評－動詞片語

2873. pick holes in (find fault with)

　　　註解　非常挑剔－動詞片語

2874. hope against hope (hope in spite of the unfavourable signs)

　　　註解　絕望中之希望－動詞片語

2875. from the horse's mouth (from the genuine source; first hand)

　　　註解　第一手資料－介詞片語

2876. cut no ice (fail to persuade or attract someone)

　　　註解　沒有效果－動詞片語

2877. ins and outs (details)

　　　註解　細節－名詞片語

2878. strike while the iron is hot (act quickly while a situation is to one's

　　　advantage)

　　　註解　打鐵趁熱－動詞片語

2879. keep in with (remain on good terms with)

　　　註解　保持友誼－動詞片語

2880. last but no least (the last to arrive, be mentioned, etc. but not the least

　　　important)

　　　註解　最後到來，但不是最不重要－形容詞片語

2881. lay down the law (make statements on rules as if one had the authority to

　　　enforce them)

　　　註解　以命令式發言－動詞片語

2882. by leaps and bounds (very quickly)

　　　註解　迅速地－副詞片語

2883. lethargic (drowsy; sluggish)

　　　註解　昏睡的－只當形容詞

2884. not on your life (under no circumstances)

　　　註解　不關你的事－副詞片語

2885. not in my line (not something I'm familiar with)

> 註解　不是我的專長－副詞片語

2886. read between the lines (find out the real feelings, opinions of a writer or speaker which are not directly expressed in words)

> 註解　言外之意－動詞片語

2887. live up to (fulfill; reach the standard expected of)

> 註解　遵從，實行－動詞片語

2888. for love or money (at any price)

> 註解　無論如何－介詞片語

2889. make do with (manage)

> 註解　安排－動詞片語

2890. make up for (compensate for)

> 註解　補償－動詞片語

2891. man to man (openly, without fear or deception)

> 註解　開誠佈公－名詞片語

2892. by all means (certainly)

> 註解　一定地－副詞片語

2893. by no means (certainly not)

> 註解　絕不－副詞片語

2894. for good measure (in addition)

> 註解　額外地－副詞片語

2895. put one in mind of (make one remember)

> 註解　提醒－動詞片語

2896. once in a blue moon (very rarely)

> 註解　極罕見－副詞片語

2897. not up to much (not very good)

> 註解　不是很好－副詞片語

2898. hit the nail on the head (say or do something which is exactly right)

> 註解　說話中肯－動詞片語

2899. next to no time (almost immediately)

> 註解　幾乎同時－副詞片語

2900. cut off one's nose to spite one's face (harm one's own interest in a vain attempt to cause trouble for someone else)

> 註解　害人又害己－動詞片語

2901. nothing to write home about (not very interesting or exciting)
    註解　不是很感興趣－副詞片語

2902. odds and ends (small articles of no great importance or value, bits and pieces)
    註解　零星事物－名詞片語

2903. burn the midnight oil (stay up late in order to work)
    註解　挑燈夜戰－動詞片語

2904. all at once (suddenly)
    註解　突然－副詞片語

2905. know one's onions (be shrewd, worldly)
    註解　精明果斷－動詞片語

2906. a tall order (a difficult task to carry out or unreasonable request)
    註解　困難之事－名詞片語

2907. out-and –out (through; absolute)
    註解　完全的－可當形容詞和副詞

2908. at the outside (at the most; at the maximum possible)
    註解　最多，充其量－介詞片語

2909. over and above (in addition to)
    註解　而且，加上－副詞片語

2910. take in good part (accept what is said in an amiable spirit)
    註解　開心接受－動詞片語

2911. not a patch on (not nearly as good as)
    註解　遠遠不及－副詞片語

2912. a square peg in a round hole (someone in a job he is not suited for)
    註解　不適合者－名詞片語

2913. in for a penny, in for a pound (once he has started on something, one should go on with it, whatever the cost)
    註解　情勢危急或應受處罰－介詞片語

2914. pick up with (make acquaintance with)
    註解　與人交朋友－動詞片語

2915. no picnic (not an easy job or situation)
    註解　沒有輕而易舉的工作－形容詞片語

2916. all over the place (everywhere)
    註解　到處－副詞片語

2917. play up (cause trouble)

> 註解　儘量利用－動詞片語

2918. sitting pretty (in a very comfortable situation)

> 註解　處境優越－形容詞片語

2919. pros and cons (arguments for and against)

> 註解　贊成與反對－形容詞片語

2920. putamen (hard or stony endocarp)

> 註解　硬核－只當名詞

2921. it never rains but it pours (proverbial expression meaning that things do not come singly but in numbers)

> 註解　禍不單行－完整句子

2922. take someone for a ride (trick him)

> 註解　嘲弄－動詞片語

2923. make rings round (prove totally superior to in technical skill)

> 註解　克服－動詞片語

2924. daylight robbery (an exorbitant price)

> 註解　過份哄抬價錢－名詞片語

2925. run away with (accept hurriedly without further thought; get out of control)

> 註解　偷，匆匆接受－動詞片語

2926. give someone the sack (be dismissed)

> 註解　解僱－動詞片語

2927. take a back seat (assume an unimportant role)

> 註解　接受下級職位－動詞片語

2928. the lion's share (the greater portion)

> 註解　最大部份－名詞片語

2929. keep one's shirt on (not lose one's temper)

> 註解　保持冷靜－動詞片語

2930. all over the shop (everywhere)

> 註解　到處－副詞片語

2931. keep one's eyes keen (be alert and watchful)

> 註解　留心－動詞片語

2932. by the skin of one's teeth (just)

> 註解　正好，分秒不差－副詞片語

2933. at sixes and sevens (in confusion)
　　　 註解　不一致，混亂－介詞片語

2934. in the soup (in trouble)
　　　 註解　陷入困境－介詞片語

2935. stand for (represent; put up with; tolerate)
　　　 註解　代表，容忍－動詞片語

2936. stick it out (endure; put up with)
　　　 註解　忍耐到底－動詞片語

2937. in sympathy with (in agreement with)
　　　 註解　贊成－介詞片語

2938. take it from me (believe me)
　　　 註解　相信－動詞片語

2939. through thick and thin (in all kinds of conditions)
　　　 註解　不顧任何困難－介詞片語

2940. under someone's thumb (under his control)
　　　 註解　在某人支配之下－介詞片語

2941. bide one's time (wait for a better opportunity)
　　　 註解　等待良機－動詞片語

2942. on the tip of one's tongue (on the point of saying something)
　　　 註解　正要說出口－介詞片語

2943. bark up the wrong tree (guess, think mistakenly)
　　　 註解　搞錯對象－動詞片語

2944. change one's tune (change one's attitude, approach)
　　　 註解　改變態度－動詞片語

2945. ups and downs (good and bad conditions, situations)
　　　 註解　上下地，徘徊地－副詞片語

2946. in one's view (in one's opinion)
　　　 註解　某人的觀點－介詞片語

2947. walk of life (profession; occupation)
　　　 註解　職業－名詞片語

2948. come out in the wash (eventually resolve itself, become clear)
　　　 註解　公開聲明清楚－動詞片語，同 come out in the open

2949. throw cold water on (discourage it)
　　　 註解　潑冷水－動詞片語

2950. in a big way (on a large scale)
> 註解　大規模－介詞片語

2951. pull the wool over someone's eyes (trick, deceive him)
> 註解　欺騙某人－動詞片語，同 draw the wool over someone's eyes

2952. take someone's word for (believe him)
> 註解　聽信某人之言－動詞片語

2953. the world and his life (everyone)
> 註解　全世界的人－名詞片語

2954. for all one is worth (with all one's energy)
> 註解　盡力地－介詞片語

2955. two wrongs don't make a right (to revenge oneself for a bad action by doing something equally bad is not justified)
> 註解　爲了洩憤而一錯再錯－形容詞片語

2956. grim (plain; stark; desolate)
> 註解　倔強的－只當形容詞

2957. splendid (princely; regal)
> 註解　華麗的－只當形容詞

2958. plunder (ravish; devastate; despoil; sack)
> 註解　搶奪－可當動詞和名詞

2959. contort (twist; writhe)
> 註解　扭曲－只當動詞

2960. fretful (complaining; vexatious; querulous)
> 註解　焦急的－只當形容詞

2961. indigo (deep violet blue)
> 註解　深紫藍色－可當名詞和形容詞

2962. stigma (stain; disrepute; tarnish)
> 註解　瑕疵，斑點－只當名詞

2963. commingle (to mix or mingle together; combine)
> 註解　混合－只當動詞

2964. bemoan (bewail; lament; deplore)
> 註解　悲痛－只當動詞

2965. beseech (entreat; beg; implore)
> 註解　懇求－只當動詞

2966. overawe (intimidate; dismay; daunt)

註解 畏縮－只當動詞

2967. lessen (deteriorate; worsen; hinder)
註解 減輕，變壞－只當動詞

2968. denunciation (ridicule; derision; satire)
註解 指責－只當名詞

2969. seer (fortune-teller; prophet; oracle)
註解 預言家－只當名詞

2970. conspire (scheme; concoct; contrive)
註解 圖謀－只當動詞

2971. disdain (scorn; despise; spurn)
註解 輕視－可當動詞和名詞

2972. favorable (kindred; genial; compatible)
註解 順利的－只當形容詞，同 favourable

2973. embody (embrace; comprise)
註解 具體化－只當動詞

2974. riffraff (rabble; trash; rubbish)
註解 流氓，廢物－只當名詞

2975. intrepid (resolute; aweless; brazen)
註解 勇猛的－只當形容詞

2976. serene (undisturbed; imperturbable)
註解 安詳的－只當形容詞

2977. mania (craze; frenzy)
註解 發狂－只當名詞

2978. multifarious (having many different parts, forms, etc.)
註解 各種類的－只當形容詞

2979. resolute (eventful; momentous; conclusive)
註解 勇敢的－只當形容詞

2980. dissension (strife; conflict)
註解 紛爭－只當名詞

2981. lapidate (stone; pellet; pepper)
註解 投擲石頭－只當動詞

2982. vanquish (subdue; crush; overpower)
註解 征服－只當動詞

2983. detach (separate; part; sunder)

註解　分開－只當動詞

2984. zeal (passion; ardor; fervor)
註解　熱心－只當名詞

2985. torment (suffering; anguish; agony)
註解　痛苦－可當動詞和名詞

2986. apparent (conspicuous; professed; ostensible)
註解　顯著的－只當形容詞

2987. pretentiousness (pretense; pompousness)
註解　自傲－只當名詞

2988. nonexistence (nothingness; naught)
註解　一無所有－只當名詞

2989. unimpressive (minor)
註解　沒有任何印象的－只當形容詞

2990. awesome (marvelous; amazing; stupendous)
註解　令人敬畏的－只當形容詞

2991. disapprove (disallow)
註解　不准許－只當動詞

2992. godliness (holiness; saintliness; sacredness)
註解　神聖－只當名詞

2993. unaffected (humble)
註解　不受感動的－只當形容詞

2994. inflated (pretentious; pompous)
註解　誇張的－只當形容詞

2995. implore (entreat; plead; beseech)
註解　哀求－只當動詞

2996. servile (fawning; obsequious)
註解　奉承的－只當形容詞

2997. imprimis (firstly, in the first place)
註解　首先，第一－只當副詞，為拉丁語

2998. dree (tedious; dreary)
註解　忍耐－可當動詞和形容詞

2999. riposte (response; rejoinder)
註解　反駁－可當動詞和名詞，同 ripost

3000. cripple (incapacitate; demoralize; devitalize)

註解 跛者，削弱－可當名詞和動詞

國家圖書館出版品預行編目資料

TOEFL 托福字彙. 下冊／李英松著. --再版.--新北
市：李昭儀，2022.3
　　面；　公分
ISBN 978-957-43-9676-4 (全套：平裝)

1.CST：托福考試 2.CST：詞彙

805.1894　　　　　　　　110022865

TOEFL托福字彙. 下冊

作　　者　李英松
校　　對　李英松、李昭儀
發 行 人　李英松
出　　版　李昭儀
　　　　　　E-mail：lambtyger@gmail.com
　　　　　　郵政劃撥：李昭儀
　　　　　　郵政劃撥帳號：0002566 0047109
設計編印　白象文化事業有限公司
　　　　　　專案主編：水邊　　經紀人：徐錦淳
代理經銷　白象文化事業有限公司
　　　　　　412台中市大里區科技路1號8樓之2（台中軟體園區）
　　　　　　出版專線：（04）2496-5995　　傳真：（04）2496-9901
　　　　　　401台中市東區和平街228巷44號（經銷部）
　　　　　　購書專線：（04）2220-8589　　傳真：（04）2220-8505
印　　刷　普羅文化股份有限公司
初版一刷　2022 年 3 月
定　　價　500 元